小説 鏡　貴也
画 山本ヤマト

吸血鬼ミカエラの物語 1

終《お》わりのセラフ
Seraph of the end

JUMP j BOOKS

CHARACTERS

百夜《ひゃくや》優一郎《ゆういちろう》

ミカエラの親友。吸血鬼の都市から脱出し、
吸血鬼に復讐すべく日本帝鬼軍に入隊する。

百夜《ひゃくや》ミカエラ

元人間。吸血鬼の都市から逃走を企て失敗。
死亡したはずが、吸血鬼として生存していた。

STORY

　未知のウイルスと吸血鬼により社会が崩壊した世界。百夜《ひゃくや》ミカエラと百夜優一郎《ひゃくやゆういちろう》は吸血鬼に囚われ、家畜同然の扱いを受けていた。二人は、ミカエラの立てた作戦で、仲間らと脱出を図るも、助かったのは優一郎《ゆういちろう》一人だけであった。

　成長した優一郎《ゆういちろう》は日本帝鬼軍の「月鬼ノ組」に入隊。吸血鬼への復讐に躍起となっていた。一方、死んだはずのミカエラは吸血鬼となって生存していた。戦場で敵同士として再会した二人は、互いの救出を目標に据え、戦いに臨む。

　「吸血鬼ミカエラの物語」は、吸血鬼の真実を暴く物語。
それは、かつてミカエラや優一郎《ゆういちろう》が、吸血鬼の家畜として地下都市で暮らしていた日から、語られ始める……。

Seraph of the end

クローリー・ユースフォード

吸血鬼の貴族。第十三位始祖。フェリドの派閥に属している。

フェリド・バートリー

吸血鬼の貴族。第七位始祖。ミカエラを殺した張本人。

KEY WORD

『吸血鬼』

人間に代わり、現在の地上を統べる者たち。かつては人知れず地下で生きていたが、世界の終わりに際し地上に現れた。世界の安定を求め、禁忌を犯す人間を滅ぼそうと企てている。

『貴族』

始祖の血を継ぐ吸血鬼たち。全ての能力が一般吸血鬼を凌駕しており、吸血鬼の世に大きな影響力を持つ。第一位始祖から第二十位始祖まで存在し、数字の小さい者ほど高位。

終わりのセラフ
Seraph of the end

吸血鬼ミカエラの物語 1

Contents

これは復讐《ふくしゅう》の物語だ。
吸血鬼の起源にまで遡《さかのぼ》り、天使ミカエラがいかに天空から醜い大地へ堕《お》ちたかの物語。

「ああ、神よ。神よ。貴様の血を寄こせ――」

Seraph of the end

Story of vampire Michaela

プロローグ　信仰心

どうしてこうなったのだろう。

「………」

と、ミカエラは思った。

子供のころの自分は、ただ、両親に笑ってもらいたかっただけだった。

だからたくさん笑ってみせた。必死に、親が喜びそうなことを一生懸命した気がする。

だが捨てられた。

高速道路の上。時速100キロか、120キロかはわからないけれど、走っているミニバンのスライドドアを母親が開いて、こう言った。

「さあ、飛び降りなさい、ミカエラ」

「い、嫌だ」

「早く」

「嫌だよママ！　ぱ、パパ、助けてよ！」

運転席に座る父親に助けを求めた。でも、父親が助けてくれないことは知っていた。ここのところいつも父親は酒に酔っており、ことあるごとに「おまえのせいで、母さんがおかしくなった」と言って、ミカエラのことを殴るのだ。

その、殴る手を止めてほしくて、彼は父親に毎日、大好きと言った。パパ大好きと。だが父親は殴るのをやめてくれなかった。悲しい顔で、彼のことを殴った。

どうやら母親はなにかの宗教にはまっているようだった。当時の自分はまだ五歳で、宗教というものがなんなのかはいまいちわからなかったのだが、いまにして思えばあれは、たぶん、宗教だった。

毎日母親は《教会》に出入りしていた。それから妙な集会に出るようになった。そのころから、父親は酒を飲むようになった気がする。

なら、すべての元凶は、あの宗教にあるのだろうか。

１２０キロで走る車の中。

ドアを開けた母親が、とても美しい顔で優しく微笑《ほほえ》んで、言う。

「さあミカエラ。飛ぶのよ」

「嫌だ。嫌だよ」

「大丈夫なのよ。あなたは選ばれた子なんだから」

「お願い、ママ。僕、僕いい子にするから」

「あなたはいい子よ」

「なら、もっといい子にするから！　パパとママが喜ぶようなことするから！」

ミカエラは、泣きながら叫んだ。

だが母親は彼の腕をつかんでくる。

「喜ばせたいなら、飛ぶのよ。いま、すぐ、ここで」

「ママ、ママ！」

「心配いらないから。あなたは特別なの。選ばれた子なの。なにせ、ミカエラの名を持ってるんだから。さあ！」

「ママ！　ママ！　僕を……僕を捨てないで！」

彼は母親にすがりついた。

だが彼女は、彼を強く突き放しながら、

「愛してるわよ、ミカエラ」

車から外へ、放り出した。

その瞬間、すべてがゆったりと動いているように見えた気がした。

凄《すさ》まじい速さで流れる灰色の車道。

雲一つない、よく晴れた空。

それらが交互に、ぐるぐると視界を巡る。

おそらく自分は死ぬだろう。

だがそれはもう、どうでもよかった。むしろ心を深く傷つけたのは、親に捨てられたという事実についてだった。

自分は捨てられた。

いらない子だったのだ。

頭から地面に落ちた。首が折れた。右腕、左足が折れたのも感じた。内臓がアスファルトにたたきつけられて、ひどくお腹が痛い。体が、めちゃくちゃになった。

なのに。

「…………」

なのになのに、なぜか意識はあった。

酒に酔ったまま運転されていた、ついさっきまで彼が一緒だった両親を乗せた車は、蛇行し、隣の車に接触して横転したのを見た。

さらにその車にトラックが突っこんだのも見えた。それから何台も何台も車が突っこみ、両親が乗っていた車に火が付いて、盛大に爆発したのが見えた。

ミカは地面に倒れたまま、ぼんやりとそれを見ていた。

立ちあがることはできない。

体のどこもかしこもが、自分の思い通りに動いてくれない。

ただわかるのは、もしもあの車に乗っていたら確実に自分は死んでいた、ということだ。

だが、自分は生き残ってしまった。

それは運がよかったのか、悪かったのか、それはいまもわからない。

どうしてこうなったのか。

どうしてこんなことになったのか。

それから数年後――

世界はウイルスによって滅びた。

子供は吸血鬼たちに捕らえられ、地下深くに押しこめられてしまった。

でもそれでも、いまも母親の最後の言葉を思い出す。

「心配いらないから。あなたは特別なの。選ばれた子なの。なにせ、ミカエラの名を持ってるんだから。さあ!」

その言葉にはいったい、なんの意味があったのか。

ミカエラとは、いったいなんなのか。

わからないまま、彼は吸血鬼の家畜になった。

Seraph of the end

Story of
vampire Michaela

第一章　優とミカ

吸血鬼の都市の中で、僕たちは今日も家畜だった。

血を吸われるだけの、毎日。

首に刺しこまれた、血を吸うための機械を見て、百夜《ひゃくや》ミカエラは顔をしかめた。刺しこまれた針は、かすかな痛みとともに、ぎゅるぎゅると血液を吸い取り始める。

「ぐ……はぁ」

自分の中の、命の源《みなもと》のようなものが抜かれていく感覚がある。頭がぼんやりして、少し、体がだるい。そのだるさに抵抗しながら、ミカは隣で、やはり強制的に献血させられている家族へと声をかけた。

「ねえ、優《ゆう》ちゃん」

「…………」

「優ちゃん」

「ん？」

　すると優ちゃんはこちらを見てくれる。

　隣に座っているのは、自分と同い年――まだ十二歳の少年だった。

　ざんばらに刈られた黒髪に、強い意志が宿っている黒い瞳《ひとみ》。

　優一郎《ゆういちろう》――それが彼の名前だった。そういえば名字《みようじ》は知らない。

　四年前、彼が自分と同じ孤児院にきてすぐ、謎のウイルスが蔓延《まんえん》して世界はあっさり終わってしまったから。

　そして生き残った孤児院の子供たちは、保護という名のもとに吸血鬼どもに襲われ、捕らわれ、そのまま家畜として、この都市で管理されるようになってしまった。

　それ以来、ずっと自分たちは認証番号で管理された、名のない家畜だ。

　優ちゃんがこちらを見て、言う。

「なんだよ、ミカ」

　それに彼は答える。

「優ちゃん、母乳って飲んだことある？」

「へ？」

「母乳ってさ、血液なんだってさ。知ってた？」

「は？　いきなりなんの話だよ」

「だから赤ちゃんは、母親の血を飲んで成長してるんだってさ。昨日図書館で読んだんだけど」

「だからなんの話だよ」

優ちゃんがわからないという顔をする。ミカは微笑《ほほえ》んで、続ける。

「いやなんか、これおもしろい話だなぁと思って。じゃあ赤ちゃんはみんな吸血鬼で――人間は、ほんとはみんな生まれつき吸血鬼でさ、で、世のお母さんたちはみんな家畜だったのかなーとか、思っちゃってさ。僕らみたいに」

と、自分の首に刺さっている吸血のための機械を指さす。

すると優ちゃんがあからさまに嫌そうな顔をする。

「俺らは家畜じゃねーよ」

「と、強気で言ってくれるのは優ちゃんだけだけどねぇ。残飯みたいな食料与えられて、血を奪われる毎日。これ、どう考えても家畜でしょ」

「家畜じゃねーよ。いつか俺は、吸血鬼どもをぶっ倒して――」

「ここから出る?」

と聞くと、優ちゃんは言葉を止めた。少し苦しそうな顔になる。ここから出ることはもうできないと、彼も知っているのだ。

地上世界にはウイルスが蔓延《まんえん》している。

そのウイルスは、十三歳以上の大人たちを、皆殺しにしてしまったのだという。そして自分たちはもう十二歳だ。外に出ても、一年しか生きることはできない。

なら、ここで、こうして家畜として生きていくしかない。

永遠に、ここで……

だが優ちゃんは、首から血を抜かれながら言った。

「だから強くなって、吸血鬼をぶっ飛ばせばいいんだろ！」

「無理だよ。何度も言ってるけど、吸血鬼は人間の七倍の……」

「関係ねぇよ！　俺はやる！　絶対！　じゃなきゃ……」

と、優ちゃんは言った。

そしてそれに続く言葉がなにかも、ミカにはわかっている。

じゃなきゃ、孤児院から一緒にきた子供たちの人生が、報われないじゃないか、だ。

優ちゃんは優しい。たぶん、誰よりも優しい。だから子供たちや、仲間のことばかりを考えている。自分もまだ子供なのに、他の子供たちが希望を失わないように。この劣悪な環境に心が折れたりしないように、と、必死に、必死に、吸血鬼どもをいつかぶっ飛ばすことができるという、夢をいつも語ってくれる。

だから、ミカは言った。

「はは、で、吸血鬼どもを皆殺しにして、ここに優ちゃん帝国を作ってくれるんだよね？」

「あ、おまえ馬鹿にしてんだろ！」

という言葉にミカは笑って、しかし手を伸ばし、優ちゃんの手にそっと触れて、言った。

「いや……信じてるよ」

優ちゃんがこちらを見る。それから、少し恥ずかしそうに顔をしかめて、

「………」

もう、なにも言わなかった。

でもお互いが同じ気持ちなことはもう、わかっていた。ここでもう、四年も一緒にいるのだ。

世界が滅亡して、四年。

孤児院の子供たちの中で、最年長だった二人は、生き残った子供たちの命を背負ってこの四年を、必死に二人で歩いてきたのだ。

だからなにも言わなくても、お互いが考えていることは、わかる。

どうしたらこの状況を打開できるか。

どうやったらもう一度、子供たちに未来を見せることができるか。

どうやって。

どうやって。

ミカもここのところ、ずっとそればかりを考えていた。

優ちゃんは吸血鬼を殺してなんとか状況を打開しようと考えているようだけど、それは不可能だと彼は考えていた。

「………………」

ここは吸血鬼の世界だ。自分たちは家畜で、力関係は絶対的だった。だがその上で真剣になにかを打開したいと思うのであれば、吸血鬼のことをもっと知る必要があると思っていた。必要なら、吸血鬼に取り入る方法も探らなければならないと、考えていた。

そしてつい最近、彼はその突破口らしきものを見つけたところだった。

「……フェリド・バートリー」

と、小さく、彼は吸血鬼の名前を呟《つぶや》いてみる。

第七位始祖《しそ》。

吸血鬼の中でもとりわけ大きな権力を有している、貴族だ。

そしてこの貴族の屋敷に、人間の子供がよく出入りしている、という噂《うわさ》をミカは手に入れていた。

他の吸血鬼と違い、この吸血鬼は人間に興味を持っており、ときには生活しやすいように援助してくれるようなこともあるという情報を、他の子供の集団から得ていた。

なら、自分も……


吸血される時間が終わって、ミカたちは施設の外へ出た。

この地下にある吸血鬼の都市には、空《そら》がない。あるのは高い天井だけ。この四年、彼らはその天井ばかりを、息が詰まるような思いでずっと見上げていた。

「………………」

ミカはその天井を見上げて、さっきの考えについて再び思いを巡らせる。

「おいミカ」

「………………」

「ミカ！」

「あ、なに？」

「どーしたんだよ、ぼんやりして」

優ちゃんが、横から言ってくる。それに彼は小さく微笑《ほほえ》んで、答える。

「血を吸われると、疲れちゃって」

「まじそれな！　だ～からあの吸血鬼ども、さっさとぶっ飛ばさなきゃいけねーんだよ！」

ミカが疲れた顔をすると、優ちゃんはすぐに吸血鬼をぶっ飛ばすだなんだと言い出す。

それに、

「あと、疲れたって嘘《うそ》だろ。なんか悩んでた顔だった。おまえ、悩みがあったらちゃんと俺に言えよ。独りで悩むなよ」

なんて鋭いことを言いだしてきてしまって。

でも、いま自分が考えている計画に、彼を巻きこむわけにはいかなかった。一歩間違えば殺される可能性があるのだ。そして、いま、優ちゃんと自分、両方が殺されてしまえば、子供たちを守る者がいなくなってしまう。

だからミカは笑って、話題を変えた。

「いや、悩んでるってほどのことじゃないけど」

「なんだよ」

「なんか、そーいえば優ちゃんの名字を聞いてなかったなーとか、思ってさ」

「へ？」

「さっき血を吸われてるときにふいに思ったんだけど、僕、優ちゃんの名字って知らないんだよね」

「名字？」

「うん。優ちゃん、孤児院にきてすぐ世界が終わったじゃない？」

「ああ、そうだな」

「だから名字のこと、聞かなかったなと思って。優ちゃん、名字なんていうんだっけ？」

といってもまあ、いまさら聞いたところでなにがどうなるというわけでもないのだが。

親は死んだ。大人たちはみな、ウイルスに感染して、死んでしまった。そして名字なんてものは、必要のない世界がきてしまった。

それに優ちゃんの親は、彼を悪魔と呼んで殺そうとして、あげく自殺してしまったと、言っていたような気がする。

なら、そんな親の記憶に繋《つな》がる名字を聞かれるのは、嫌かもしれない、と、少し思った。

数年前に彼の親に関わることを聞いたときは、彼がひどく機嫌を損ねてしまったのを覚えている。

自分はバケモノと呼ばれて、悪魔と言われて親に殺されかけたんだ！　この世には必要ない人間なんだ！　と言って、しばらく口をきいてくれなかった。

だがいまは。

「……名字。名字か」

四年の時をともにしたいまはもう、優ちゃんは怒ったりしなかった。少し思い出すような顔になってから、彼は言った。

「実はあんまり、記憶がないんだよなー。親にバケモノって呼ばれたのは覚えてるんだけど」

「名字は覚えてない？」

「ああ。っつか、おまえは？」

「ん？」

「おまえ、あきらかに日本人じゃないよな？　髪の毛金髪だし」

「ああ、そうだね」

「おまえ外人？」

「母親は日本人だよ」

「つーことは、父親は違うってこと？」

「うーん。たぶんロシアかどっかだったと思うけど」

「ロシア人かよ～」

「母親は日本人だって言ってるじゃん。まあ、どっちも死んだけどね」

と、ミカは笑う。

優ちゃんが、少し心配するように彼の顔を見る。

「それ、嫌な記憶か？」

「どーかな」

「おまえは名字、覚えてんの？」

「たしか進藤《しんどう》、だったと思う」

「あ、名字は日本語なのな。でもなら、なんで百夜ミカエラって名乗る？　名字があるのに」

　という言葉に、ミカは笑って言った。

「だーから、僕も茜《あかね》も何度も話してるけど——」

　すると優ちゃんはまた、嫌そうな顔になって、

「あー、はいはい、百夜孤児院の奴らは、みんな家族なんだろ？」

「そーでーす。だから優ちゃんも、百夜優一郎ね」

「なんで俺が百夜になんだよ」

「家族だからだって」

「俺に家族なんていねーって……」

「いやいやいや、もう無理です。家族になっちゃったから。それに、優ちゃんだってもう、

僕らのこと家族だって思ってるくせに～」

「思ってねーよ」

「思ってるよ」

「思ってねーから」

「思ってるって～」

「ああもうおまえうぜぇなぁ。第一、俺は百夜孤児院には、一日しかいなかっただろうが。だから俺は違うんだよ。だって俺は——」

そしていつも、親に悪魔と呼ばれ殺されかけた、この世にはいらない子だから、というような話が続く。

だがそんなのは自分も同じだった。

車から放り出された。

理由は、

『ミカエラの名を持っているから。選ばれた子だから』

だが、その意味はいまだ、まるでわからなかった。あとで調べたことだが、ミカエラは女の子につける名前のようだった。

天使ミカエルを由来《ゆらい》にした名前の、女性名。

だがわかったのはそれだけ。その名前にいったい、どんな意味があったのかは、わからなかった。

いやもしかしたらなにもなかったのかもしれない。母親は完全におかしくなってしまっていて、なにかの妄執《もうしゅう》に取《と》り憑《つ》かれて、あんなことを言ったのかもしれない。

だがもう母親はいない。爆発に巻きこまれて死んだ。いや、自分が知らないだけで、もしもあのあと奇跡的に生き残っていたとしても、ウイルスで死んだだろう。

だからいま、自分にいる家族は、百夜孤児院の仲間たちだけだった。

「ねぇ、優ちゃん。君がなんと言おうと、僕たちは家族だよ」

「…………」

優ちゃんはそれに、照れたような、嫌そうな顔になって、そっぽを向いてしまう。だが、彼が優しいのはわかっている。子供たちの面倒をみてくれるし、結局みんな彼に頼り切りなのだ。

だからこそ、吸血鬼の貴族に接触するのは、自分一人でなければならない、と、ミカは思った。

彼は足を止める。このあたりからはフェリド・バートリーの住む館《やかた》が見えるはずだった。

そちらへと目を向けて、

「あ、ごめん優ちゃん」

「ん？」

「ちょっと僕、用事があったんだった」

「用事？　なんだよ」

「うん。佐久間《さくま》くんたちの集まりが、食料わけてくれるらしいから、もらってくる」

佐久間たちの集まりというのは、少し年上の少年たちの集団だった。そこのリーダーが、佐久間だ。百夜孤児院の子供たちはまだ幼いので、そこの少年たちに配給の食糧を奪われそうになって、優ちゃんが喧嘩《けんか》した。

で、ミカが間を取りもって、いまは良好な関係をなんとか保っているのだが。

「じゃあ俺も……」

と優ちゃんは言うが、ミカはそれを制す。

「優ちゃん、佐久間くんとこないだ喧嘩したばっかじゃーん」

「それは、そうだけど……でもあれはあいつが悪いだろ！」

「ほらまた喧嘩腰だし、とにかく僕がうまくやっとくから、優ちゃんは帰っててよ。子供たちが待ってる」

「でも、おまえ一人で大丈夫か？　あいつら……」

「大丈夫大丈夫。僕は優ちゃんじゃないんだから」

「あ?　なんだよそれ」

「あはは。じゃ、優ちゃん、子供たちをよろしく。僕はちょっといってくるよ」

という、嘘《うそ》をついた。

本当は佐久間たちのところになんか、いかない。

吸血鬼の貴族――フェリド・バートリーに、接触するのだ。

ミカはもう一度顔をあげ、フェリドが住む館のほうを見上げた。

◆◆◆◆

吸血鬼の世界は、ひどく退屈な場所だ。

何百年、何千年も、代《か》わり映《ば》えするところがない。

同じ吸血鬼が、同じ場所で、同じようにただ、ただ、生きながらえている。

「…………」

その、ひどく退屈な場所で、フェリド・バートリーは今日も静かに本を読んでいた。

そこは人間の子供たちに開放している図書館だ。ここを子供たちに開放するように手配したのは、彼だった。

人間の子供を見るのは、楽しい。彼らは吸血鬼よりも遥《はる》かにか弱く、寿命も短いためか、輝くほどの生の光をうちに秘めている。

おまけに本を読むと賢くなり、なにか、希望のようなものを見つけてさらに前に進もうとするのを見ていると、なぜか妙に背中がぞくぞくするのを感じる。

だからこそフェリドはここで、子供たちへ図書館を開放することを決めた。

それは正解だったと思う。

本の貸し出しの管理も子供たちに任せているが、どの子がどんな本を読んでいるのかは、ある程度管理するように命じてあった。

彼は子供たちがどんな本を読むのかにも、興味があるのだ。

まだ若く、幼い子供たちの欲望がいったいどの方向へと向かっていくのかに、おもしろみを感じていた。

たとえばある子供は女性の性についてばかり調べているようだった。

人間の欲望に対して、非常に素直だ。

もしくはある子供は、強くなる方法について調べているようだった。それは子供同士での争いに勝つためか。いつか強くなって、この世界から飛び出すためか。おそらくは前者だろう。その子供が調べていることは、吸血鬼をどうにかできるような類《たぐ》いのものではなかった。その子は他の子供を殴り殺したという情報も入った。だが、別に処罰されたりはしない。家畜同士が争ったところで、吸血鬼にとってはどうでもいい話だ。

だがどちらにせよ、人間が欲する知識は、なにかの欲求に乗っているものばかりだった。強くなって、他者を屈服させたいという欲求や、性欲、食欲、承認欲求。

それはしかし、遥《はる》か昔に彼が失ってしまった感情だった。

吸血鬼には欲望があまりないのだ。

永遠の命を得た代わりに、血への欲求だけが大きく膨《ふく》れあがってしまって。

「………」

「なーんか、こんなに女や強さに興味があるなんて、憧れちゃうよね～」

と、へらへら笑いながら、彼は呟《つぶや》く。

吸血鬼たちの中で比べたとしても、彼はとても美しい男だった。銀色の長い髪に、青白い肌。立ち居振る舞いに高貴さが匂うのは、彼が長い間、本当に長い間、きらびやかな人間の貴族階級の中を好んで渡り歩いてきたからだろうか。

図書館の机の上、彼は子供たちが読んだ本のページをめくる。

いま、図書館には誰もいなかった。

フェリド・バートリーがいるときは、子供たちはここに近づかないことになっていた。

一人を除いては。

「フェリド様」

と、声がかかる。少年の声だ。そちらを見ると十六、七歳の男の子が近づいてきていた。

その少年の名前を呼ぶ。

「なぁに、佐久間くん」

「あの、情報を流しておきました。あなたの寵愛《ちょうあい》を受ければ、特別な優遇を受けられると」

「どの子に？」

「金髪の――」

「ああ、ミカエラくんか～。やっとだね。で、彼の反応はどうだった？」

「今日にもフェリド様の館《やかた》へ向かうそうです」

「ふぅん。そう。それは楽しみだ」

顔をあげないまま、フェリドはそう言う。ちょうどいま、彼が読んでいるのは、そのミカエラという少年が読んだ本だった。それは名前についての本だった。いろいろな国の名前が、いったい、どういった由来でそうなったのか。どの歴史の中でその音や響きが変わっていったのか。

そんなことが書かれた本だった。

おそらくは子供が読むような本ではない。きっと彼は、頭がいいのだろう。頭のいい子は好きだ。

ミカエラ──の項目を開く。そこにはミカエラという名前の語源について書かれていた。なにやらキリスト教が由来ということだった。

大天使ミカエルから派生した名前が、マイケル、ミシェル、ミケーレ、ミゲル。で、ミカエラというのも、その中にあった。

「ねえ佐久間くん」

「はい」

「大天使ミカエルって知ってる？」

「えとあの、それは……」

「キリスト教に出てくる、有名な天使の名前なんだけどさ」

「あ、あの、すみません。うちの家、仏教徒で」

「ふむ。仏教ねぇ。色即是空《しきそくぜくう》ってね」

「し、しきそ……なんですか？」

「ほんとに仏教徒なの～？」

「いや、あの……」

フェリドは笑って、手で下がっていいと見せる。

すると佐久間は緊張した顔のまま、

「失礼します！」

と、下がっていく。

また図書館には、誰もいなくなる。フェリドがいる間は、呼ばれない限り人間は入ってはならないことになっているからだ。

そして吸血鬼は、そもそも、本などはあまり読まない。

必要に迫られない限りはみな、知識欲もないのだ。

奴らは退屈なほどに、血への欲求しかない。

だからここには誰も立ち入らないはずだが、フェリドの背後で、かすかな気配がした。

「ん～？　誰かな」

彼は振り返る。

すると図書館の奥に、一人の、見上げるほど大柄な男が立っていた。

赤い髪に、清潔感のある好青年然とした整った顔立ち。

クローリー・ユースフォード。

それが彼の名前だった。第十三位にいる、やはり吸血鬼の貴族だ。

そのクローリーが聞いてくる。

「誰、いまの」

「佐久間くんだよ」

「だからそれ、誰？」

「仏教徒だってさ」

「なにそれ」

「仏教知らない？」

が、クローリーは肩をすくめ、

「空即是色《くうそくぜしき》？」

などと言ってくる。さっきの、色即是空に続く言葉だ。どうやら佐久間との会話を盗み聞いていたようだった。

それにフェリドは笑って、

「おいおい佐久間くん。仏教徒が知識でキリスト教徒に負けてちゃだめでしょう」

なんて、呟《つぶや》く。

するとクローリーが笑い、

「むしろ僕は、キリスト教のことを忘れたよ」

などと言う。

彼は人間だったころ、熱心にキリストの神を信じていたのだ。それどころか、十字軍に参加したテンプル騎士として、異教徒《いきょうと》狩りまでしていたはずだった。

だが神を失った。

おまけにいまや、空即是色なんて唱《とな》えてしまっていて。

「異教の念仏なんて唱えたら、バチがあたるんじゃない？」

フェリドが言うと、クローリーは苦笑する。

「僕を見守ってくれる神なんていないんだから、いいんだよ」

「そうなの？」

「そりゃそうでしょ。じゃなきゃなんで僕が吸血鬼なんかになるんだよ」

「僕と違って、日頃の行いが悪いからでしょう」

「はぁ？」

と、あきれ顔でクローリーがこちらを見る。それから笑い、

「確かに、君なんかの呼び出しに応えて、わざわざ名古屋からきちゃってるのが、神さまの癇《かん》に障《さわ》るのはわかるけどさぁ」

などと言いながら、こちらへと近づいてくる。そしていま、フェリドが読んでいる本へと目を落とす。

「で、なに読んでるの？」

「聖書」

するとクローリーは本の表紙を確認するようにのぞきこみ、

「全然違うじゃない。名前の歴史って書いてあるんだけど」

「じゃあそれ」

「それにおもしろいことでも書いてある？」

だが別に、ここにはなにもおもしろいことは書かれていなかった。

ミカエラ——という忌《い》まわしい名前についての真実は、大天使ミカエルが由来なわけではないからだ。

クローリーが聞いてくる。

「ねえ、フェリド君」

「うん？」

「それで、なんで僕を呼んだの？」

「なんでだっけ〜？」

「知らないよ。ってか、君、僕呼ぶときいつもそれ言うけど、その嫌がらせやめてくれないかな」

「一瞬びっくりする？」

「するよ。だって名古屋からきたんだよ？　でも君のことだから、ほんとに忘れちゃってるか、もしくは嫌がらせに呼んだりするだろ？」

「うん」

「うんじゃないから。で、今回はちゃんと、用件があるの？」

その問いに、フェリドは答えた。

「あるよ。ねえクローリー君」

「なに？」

「ミカエラって名前、覚えてる？」

「ミカエラ？」

「うん」

するとクローリーは少し、考えこむような顔になってから、言った。

「どうだっけ。すごい昔に聞いたことある気がするけど」

それにフェリドはにやりと笑って、クローリーを見つめる。

彼の顔は、本当に覚えていないふうだった。おそらくは覚えていないだろう。そうなるように、フェリドは立ち回った。

クローリーが言った。

「で、そのミカエラとかいうのは、なに？　それが僕を呼んだ理由？」

フェリドは本を閉じて、机におく。

そして一番最近、ミカエラという名前を聞いたときのことを思い出す。

それは――

「ねえクローリー君」

「ん？」

「君が吸血鬼になったときの話をしてよ」

クローリーがこちらを、怪訝《けげん》そうな顔で見る。

「急に、なんだよ」

「いいから」

「それに君は知ってるだろう？　僕が吸血鬼になったとき、君はすぐそばにいた。にやにや馬鹿にしながら、僕を見てたじゃないか」

それにフェリドは笑って、

「そう。あれは本当に楽しかった。だからあの話をまたしてよ」

するとクローリーの顔が、なにかを思い出すようなものになる。

当時のことを。

まだ彼がとてもかわいらしくて、無邪気《むじゃき》にも神を信じていたときのことを。

あれはもう、何年前のことだろうか。

たしかあれは、十三世紀の始めのことだった。

Seraph of the end

Story of
vampire Michaela

第二章　殺人鬼

十三世紀のヨーロッパは、神と信仰の世界だった。
誰もが神を信じ、神に祈ってさえいれば、幸せな人生を送れると思っていた。
クローリー・ユースフォードも、同じだ。
神のご意志に従えば、幸せになれると、そう思っていた。
だがいまや、目を閉じるといつも同じ悪夢を見る。
最悪の夢だ。
神の名の下《もと》に、戦場で人を殺し続ける夢。
仲間たちが無残に殺される夢。
褐色の肌をした異教徒《いきょうと》たちが、瞳《ひとみ》に憎悪の炎を宿らせて、襲いかかってくる夢。
ああ、ああ、ほらまた、この夢だ。まるで神が過《あやま》ちを犯した罪人《つみびと》を罰するかのように、
この、絶望的な夢を毎日見てしまう。
こんなに神を信じているのに。
僕は、こんなにも神を信じているのに。

「…………」

だがそこで、クローリー・ユースフォードは夢から覚めた。

すぐ近くで、甲高《かんだか》い剣戟《けんげき》の音が聞こえたからだ。

とっさに腰の剣へと手を伸ばして、ああ、ここはもう戦場じゃないんだ、と思い出す。

あの戦争から帰ってきて以来、ずいぶんと神経が敏感になってしまっていた。特に、剣と剣がぶつかりあう音が、苦手だ。聞いた瞬間に、心臓が高鳴り、臨戦態勢に入ってしまう。

戦場にいたのはもう、一年以上も前になるのだが、いまも妙に落ち着くことができない。

彼の周囲では、二人一組《ひとくみ》になった十人の少年たちが、刃を潰《つぶ》した訓練用の剣で斬《き》り合いをしていた。

ここは、騎士見習いたちのために、クローリーが自宅の庭を開放して作った訓練道場だった。この訓練場で教えることで、ここのところクローリーは日々の生活の糧《かて》を得ていた。

今日の見習いたちは、これで二回目の訓練だ。

そして二回目の訓練にして、居眠りをしてしまった。

「これは、彼らには悪いことをしたな」

苦笑して、クローリーは立ち上がる。それから二度手をたたく。

騎士見習いたちが慌てて剣を収め、クローリーの前に整列する。

「本日の訓練はここまで。みんな、前の訓練よりも、ずっと良くなっていたよ」

我ながら白々《しらじら》しいセリフだなぁ、と思ったが、ほとんどの騎士見習いたちはみんな顔を輝かせた。

「ありがとうございました！」

だが一人の、長身の少年がこちらをにらむようにして、言った。

「居眠りしてて、いったい私たちのなにがわかったんですかね？　クローリー先生」

クローリーはそちらを見る。頬《ほお》に薄いあばたのある、十六、七歳の少年だった。体つきがしっかりしている。筋肉もそこそこだ。おそらく、自分の力に自信があるのだろう。

それは、剣技と、そして、親の権力に。

それが表情から見てとれる。

「君の名は？」

「ヨーゼフ・フォン・エステルハージと言います」

エステルハージは、それなりに有名な貴族の名だった。自信の根拠は、どうやらそこのようだった。

その、高貴なエステルハージのご子息に向かって、言う。

「ではヨーゼフ君。居眠りしていたことは謝ろう。それでいいかな?」

ヨーゼフは言った。

「いえ、それだけでは足りません。先生はいまだ、一度も剣を抜いていないじゃないですか」

その言葉に、クローリーは自分の腰に差した直剣を見る。それはあの戦場で、死んだ仲間から拾った剣だった。

「うん。そうだね。まだ必要がないからね。剣術は最初が肝心だ。まず基礎を固めて──」

と言ったところで、ヨーゼフが遮った。

「基礎はもう、終えてきています。ここでは、戦場帰りの勇者から、実戦を習えると聞いてきました」

実戦、と、言った。

だが実戦というのは、こんな街中で習えるようなものではなかった。クローリーの頭の中にまた、あの血みどろの戦場の光景が思い出される。

仲間の首や足が宙を舞い、その血を浴びながら、前へ、前へと突進しなければならない光景。

「……実戦、ねぇ」

と、クローリーが思わず薄く笑ってしまうと、ヨーゼフの顔が赤くなった。

「貴様、なぜ笑う！　失礼だろ」

失礼なのは、おまえだ、とは言わなかった。ヨーゼフは有名な貴族のご子息様なのだから。

ヨーゼフが腰《こし》の剣に手をかけながら、続ける。

「それに剣を抜かないところを見ると、本当は先生、剣技に自信がないんじゃないですか？」

「…………」

「たまにいるんですよね。あの戦場から帰ってきたというだけで偉そうにしてる騎士が。どうせ後方でこそこそ隠れていたんでしょう？」

すると横にいた他の見習い騎士が言った。

「おい、おまえ、さすがにそれは失礼だろ」

だがヨーゼフはそれを気にせず、続けた。

「そもそも、あなたが噂《うわさ》通りあの戦場で武功を立てているのだとすれば、なぜこんなところでくすぶってるんですか？」

そんなことを言ってくる生徒の顔を見つめ、クローリーは言った。

「……気に入らないなら、やめたらいい。じゃあもう今日は解散だ。僕はいくよ」

するとヨーゼフが、確信を得た、というような顔をした。化けの皮をはがしてやったといわんばかりの顔。

「おい、逃げるなよ腰抜け。剣を抜け」

などと言ってくる。そして剣を抜く。剣先をこちらに向けてくる。その動きは非常になめらかだった。基礎通りの動き。基礎は終わっている、というのは本当なのだろう。金にものをいわせ、家庭教師でもつけているのだろうか。

だが、結局のところクローリーにはその剣に、恐怖や、威圧感といったものは感じられなかった。あのエジプトの地で、異教徒たちが向けてきた圧倒的な憎しみとは比べものにならない、くだらなく、弱々しいものでしかなかった。

他の騎士見習いたちは、固唾《かたず》を呑《の》んでヨーゼフと、クローリーのことを見守っていた。どうやら、なにもしないまま終わることはできないようだった。

「はぁ。仕方ないな」

クローリーはため息をついて、腰の剣に手を載せた。

ヨーゼフがにやりと笑い、

「サギ師め、化けの皮をはいでやる！」

刀を振りかぶったところで、クローリーは一歩右足を踏み出した。剣を抜いた。その剣がヨーゼフの剣に当たる。ヨーゼフの剣はその衝撃に耐えられず、手から離れて宙を舞う。

「あ……」

と、驚いたような声を漏《も》らすヨーゼフの顔の上に、クローリーは剣を振り下ろして、鼻先でぴたりと止める。その剣が起こした風で、ヨーゼフの綺麗《きれい》に整えられた前髪がひらひらと動く。

ヨーゼフは、まるで動けなかった。ただ、

「あ、あ……」

と、小さく声を漏らすだけで。

その、生意気な生徒の顔を優しく見つめて、クローリーは言った。

「戦場なら、死んでた。だから基礎が大事だ。でも君は筋がいいから、すぐに同じことができるようになるよ」

剣を、ゆっくりと腰に戻した。

ヨーゼフはそのまま、地面にへなへなとくずおれてしまってから、こちらを見上げて、

「せ、先生！」

などと言ってくるので、クローリーは笑う。

「はは、うるさいよ。今日は解散だ。またきなさい」

他の騎士見習いたちも、さっきとはまるで別人のように大きな声で、

「はいっ！」

と、応えた。

それに苦笑して、再び椅子に座る。居眠りしてしまったのは、この椅子も悪い。いまいち造りが安っぽく、ガタガタといい具合に揺れるのだ。そのうちに、気持ちよく眠気がきてしまった。まあ、見たのは相変わらずの悪夢だが。

生徒たちがクローリーに挨拶をし、解散していく。目の前から全員いなくなったところで、彼は椅子をカタンカタンと揺らし、空を見上げる。その日はとても晴れていて、昼寝するにはとても気持ちがいい陽和《ひより》だった。

小さくあくびが出る。

目を閉じる。

また、あの夢を見てしまうだろうか。ここのところ、ずっと寝不足だ。

とそこで、生徒たちが急にざわめき始めたのが聞こえた。その声に耳を澄ます。

「お、おい、あの人が着てる制服！　あれ、テンプル騎士の方じゃないか？」

「なんでテンプル騎士がこんな街の外《はず》れの訓練所にくるんだよ」

「おい黙れおまえら。あの方は、次期管区長《マスター》候補と噂《うわさ》されている、ジルベール・シャルトル様だぞ」

と、誰かが言った。

それで一気に、生徒たちが静まり返ったのが、わかる。

クローリーも、首だけそちらに向けてみる。

ジルベール・シャルトル。

それは懐かしい名前だった。

あの戦争のあと、自分とは違う道を進んだ騎士の名前だ。こんな光のあたらない街外れのあばら屋ではなく、権力の中央へと進んだ男の名前。

訓練場に入ってきた青年を、見る。たしか自分より一つ年下、二十四歳のはずだった。爽《さわ》やかな金色の髪に、鋭さのある青い瞳《ひとみ》。ぴんと伸びた背筋に、強い意志が感じられる。

あの戦場を経てなお、彼の胸の中には、いまだ神が宿っているのだろうか。

クローリーはふと、そんなことを思う。

ジルベールは生徒たちの間を抜けて、こちらへと真っ直ぐ近づいてくる。一年と少しまえよりも、少し威厳めいたものを感じる。

生徒たちは、クローリーに向けていたものとはまるで違う、尊敬と憧れの眼差《まなざ》しをジルベールへと向けていた。

確かに、憧れるのであればジルベールのような男のほうがいいと、クローリーも思う。自分はもう、あの戦場に大切なものをおいてきてしまったのだから。

「…………」

ジルベールが、壊れかけの椅子に座っているクローリーの前に立ち、言う。

「お久しぶりです、クローリー様」

遠巻きに様子をうかがっていた生徒たちが、またざわついた。どうやら彼らの教育は、剣術よりも、騎士としての心のありようについてから教える必要があるな、と、彼は思う。

クローリーはジルベールを見上げて、言った。

「様はやめてくれ、ジルベール。いまは君のほうがずっと偉い」

だが聞かずに、ジルベールは続けた。

「クローリー様。なぜ教会にお出《い》でにならないのでしょう」

どうやら、呼び方を改める気はないらしい。

彼は昔からそうだった。自分が正しいと信じたことは、決して曲げない。だからこそ、あんな悲惨な戦場でも神を信じ続けられたのだ。

ジルベールが、少し心配そうな顔で言う。

「あの戦場以来、あなたは教会にこなくなってしまった。もちろんその気持ちは私もわかります。あの戦場で大勢の仲間が死んだ。心を病んでしまって、最も大切な、信仰心を失ってしまった者すらいる」

「…………」

自分だ、と、クローリーは思った。自分はもう、信仰心を失いかけている。

「ですがあなたは違うはずだ。多くの仲間が、あなたに救われた。もちろん、私も。あなたがいなければ、私は……」

が、遮って、クローリーは言った。

「僕が救ったんじゃない。君は神に救われたんだよ、ジルベール。それだけの信仰心を、持っていた」

と、神を信じられなくなり始めている自分が言うのは、滑稽《こっけい》だな、とクローリーは苦笑しそうになる。

だがジルベールはじっとこちらを見つめて、言った。

「もしそうだとすれば、生き残ったあなたもやはり、神に選ばれた人間です」

「僕はたまただよ」

「クローリー様」

「用件がないなら、僕はもういくよ」

と、クローリーは壊れかけの椅子から立ち上がる。やはりまた、カタンと音がする。左後ろの足を少し補強してやらないと、椅子が揺れてしまってまた居眠りしてしまうかもしれない。あとで直そう、と、彼は思う。

ジルベールに背を向け、歩きだそうとする。

するとジルベールがクローリーの背中に言ってくる。

「テンプル騎士団が、次の管区長《マスター》にふさわしい騎士を探しています」

これがどうやら用件のようだった。

クローリーは振り返って、答える。

「さっき、生徒たちが言ってたのが聞こえたよ。君が管区長候補らしいじゃないか。おめでとう」

ジルベールがこちらを見つめて、言った。

「私はあなたを推したいと思っています。仲間たちもみなそうだ。あなたが会議にきてさえくれれば……」

しかしクローリーは肩をすくめた。

「僕はふさわしくないよ」

「あの悲惨な戦場で、唯一といってもいいほどにあなたの功績は輝いている。あなたは自己犠牲の精神を持って、多くの仲間を救った。命を懸けて、大勢の敵を倒した。あなた以外にふさわしい人間など……」

だがそれに、クローリーは笑った。

「自己犠牲、ね。そんな素晴らしい人間が、なぜ自分自身の命は犠牲にせず、のうのうと生きてる？」

「神があなたをお選びになったからです！」

「ははは」

と、笑ってしまった。

神に自分が選ばれたとは、到底思えなかった。

むしろ自分が見たのは、悪魔だ。

あの、聖地を取り戻すための戦場で、神の名の下《もと》に正義を掲げて異教徒たちを殺して回ったが、結局神の姿は一度も見なかった。

見たのは、悪魔だけ。

「…………」

どういうわけか自分は、あの戦場で、人の血を吸うバケモノの姿を見てしまったのだ。あれが幻覚だったのか、それとも現実だったのか、それはもう、一年以上たって、毎日を平和に暮らしてしまっているいまでは確かめようもないが。

しかしあれが幻覚だったとしても、自分はあの場所で。もっとも神を必要としていた場所で、あれほど信じていた神を、見ることができなかった。

だからクローリーは、言った。

「……とにかく、僕はふさわしくない」

するとジルベールが言った。

「では、こんな街外れで、貴族の子息を相手に剣術指南をやっているのが、あなたにふさわしい役目だとでも？」

クローリーは、少し離れた場所でこちらの様子をうかがっている生徒たちの姿へちらりと目をやり、言った。

「僕とは違って未来のある子供たちの育成だ。大事な役目だよ」

ジルベールが少し、苛立《いらだ》ったような口調で言う。

「逃げないでください。あなたには、あなたの役目がある」

逃げるなと言われたのは、今日二回目だった。生徒のヨーゼフにさっき、逃げるな腰抜けと言われたばかりだ。

そして確かに自分は逃げているのかもしれない。

あの戦場から。

悪夢から。

仲間たちの死から。

必死に神を求めたのに、見てしまったのは悪魔の姿だったという、自分の心の弱さから、ずっと逃げ続けている。

「クローリー様。テンプル騎士団は、あなたを必要としている。英雄の、あなたを」

「英雄の名が利用したいだけだろう？　くだらない政治に関わる気はないよ」

「違う。正義を行うために、あなたの力が必要なんです。これは神のご意志です」

そんな言葉に思わずクローリーは、

「なあジルベール。神の名を、そんな簡単に唱《とな》えるべきじゃない」

などと言ってしまう。

するとなぜかジルベールの表情が明るくなる。

「やはりあなたは、信仰心を失っていない」

「…………」

クローリーはそれに、顔をしかめる。小さく息を吐く。首から下げたロザリオに、ジルベールに気づかれないよう、そっと触れる。もし自分が本当に神を失ってしまっているのなら、なぜこんなものがいまも首からぶら下がっているのか。

「クローリー様」

ジルベールが、言う。

クローリーは顔を上げずに、言う。

「僕はもういくよ」

「クローリー様。あなたが応えてくれるまで、私は毎日きますよ」

「迷惑だ」

「あなたを、表舞台に引き戻します。あの戦場であなたが、私の命を救ってくれたように」

だが無視して、クローリーはその場を去った。

◆

訓練所に併設《へいせつ》されたクローリーが住む家は、いつも綺麗《きれい》だった。身の回りの世話は、週に一度女中がきてくれて、掃除してくれるからだ。

そもそも彼はあまり家を汚さないたちだった。やることといえば散歩と、読書、体がなまらないための剣術の訓練だけだ。食事は近所の人間が届けてくれている。ここに住み始めてしばらくしたころ、三軒隣の家に押しこみ強盗に入ろうとしていた三人組の男を取り押さえて以来、近所の人間たちが、男の一人暮らしは大変だろうと交代制で食事を用意してくれるようになった。用心棒をする代わりに、家庭的な食事にありつけるわけだ。

なので、洗い物も出ないし、食事の用意もする必要がなかった。

とにかくここでの暮らしは快適で、騎士たちの見栄や、競争に巻きこまれずに、静かに過ごすことができていた。

クローリーは食卓でしばらく、今日起きたことを考える。

ジルベールが言ったこと。

管区長候補《マスター》に、自分を推したいと言った彼の言葉。

なにがどうなってそうなったのかはわからないが、おそらくは政治的な流れだろう。

条件だけでいえば、クローリーを推すのは悪くない選択だった。彼が生まれたユースフォード家は、貴族の中でもそれほど悪い家柄ではない。

彼は三男で、受け継ぐ資産や所領などがないからこそ、戦場で功績をあげようと神の騎士の道へと入ったのだが、しかし、管区長や、その上へとあがっていくとなると、横の繋《つな》がりはある程度必要になる。

そのとき、ユースフォードの名は重要になってくるだろう。もしも自分が管区長候補になったといえば、父も喜ぶはずだ。

なにせいまやテンプル騎士団は、あらゆる政治と複雑に絡みあい、金融にまで手を染めているのだから。

「………」

クローリーは簡素な食卓に置かれた、冷《さ》めたシチューと、パンを見つめる。昼食だ。だが妙に食欲がわかなかった。中途半端な時間に居眠りしてしまったせいだろうか。きちんと食べないと、隣に住んでいる夫人に怒られてしまう。

「食べるか」

と、彼がパンを手に取ったところで、家の外から、

「クローリー様！」

という、元気な少年の声が聞こえた。クローリーがそちらを見ると、

「入りますね、クローリー様！」

と、勝手に入ってくる。

十五歳くらいの、明るい少年だった。

騎士には向いていない小柄な体に、胸に赤い十字架のマークが入った、茶色い長衣《ながぎぬ》を着ている。

従騎士の、ジョゼだ。

戦争から戻ってすぐ、クローリーは自分に従う従騎士たちを解散させたのだが、半年前に彼のもとに配属されたジョゼは、くるなといっても毎日無理矢理押しかけてくる、非常にめんどうな子だった。

「クローリー様！　朝の訓練監督のお仕事、お疲れ様です！」

それにクローリーは応える。

「悪いがジョゼ。君の分の昼食はないよ」

「そう思って食べてきました！」

「それにもうこなくていいんだけど」

「そうはいきません。私はクローリー様に従うよう命じられているのですから！」

「でも、僕なんかのそばにいても、いいことないよ」

しかしジョゼはなぜか誇らしげな顔になって、言う。

「そんなはずはありません！　十字軍の英雄、クローリー・ユースフォード様にお仕えできるだなんて、身にあまる光栄です！」

まるで曇りのない、輝くような笑顔でジョゼはそう言う。

それにクローリーは気圧《けお》されて、苦笑してしまう。

「英雄、ねぇ」

その話はもう、さっき嫌と言うほどしたばかりだった。

そして自分は、英雄などではない。

少なくともテンプル騎士団では、戦死することこそが騎士の誉《ほま》れとされているはずだった。特に上級騎士は、降伏することは許されない。なら、こんな敗戦の将にいったい、なんの名誉があろうか。

だが、ジョゼは嬉《うれ》しそうに続ける。

「今日も戦場での、クローリー様の大活躍の様子を、生き残った他の騎士様に聞いてきました！　その話をここでしていいでしょうか！」

「だめに決まってるだろう？」

「そこをなんとか！」

「それに、自分の話をなんで僕が人から聞かなきゃいけないんだよ」

「それはやはり、お忘れかと思って！」

「それ、本気で言ってるの？」

だがジョゼは大まじめな顔だった。彼はいつも、一生懸命なのだ。神を心から信じ、テンプル騎士団に希望を見いだし、主《あるじ》であるクローリーを尊敬して止まない。

この地の従騎士はみな、平民の出身だ。彼も貧しい家の出身と聞いた。名誉という言葉がない世界からきて、名誉と誇りのために命を懸ける。

そしてこういう子が、あの戦場ではたくさん死んだ。

純粋な心で、神を信じていた子供たちに、神は一度も微笑《ほほえ》まなかった。

たった、一度もだ。

ジョゼが言った。

「それではクローリー様の英雄譚《えいゆうたん》は夕食のときにお話しさせていただくとして」

「夜は帰りなさいって」

「それで、午後はどういたしましょうか？　なにをお手伝いいたしましょう」

「いや、別に手伝ってもらうことはなにもないけど」

「ではクローリー様は午後、なにをされるのでしょう？」

「ん〜、僕はこれから、ここら周辺の治安に乱れがないか、見張りに出るつもりなんだ」

なにもしないで食事をもらい続けるわけにもいかないからだ。

「だからジョゼは、午後は帰りなさい」

だがジョゼは感動したような顔で言う。

「なるほど、さすがはクローリー様！　治安を守るのは騎士たちのもっとも大切な仕事と言われております！　ぜひ私もお供させてください！」

どうやら、ついてくるつもりのようだった。

クローリーはそれに、

「はぁ」

と小さくため息をつき、また、首から下げたロザリオへと手を持っていく。それはクセだった。

心は神とともに。

常に神とともに。

あの戦場へいくまでは、彼の心の中にも、神が宿っていたはずなのだが……。

◆

街ゆく人々が、声をかけてくる。

「騎士様」

「テンプル騎士様」

「見回り、ご苦労さまです」

それに応え誇らしげに胸をそらし、ジョゼがクローリーを見上げてくる。

その視線がひどくうるさい。だからクローリーはジョゼを見下ろして、言う。

「ちょっとジョゼ、うるさいよ」

「え⁉ 私いま、なにも言っておりませんが」

「雰囲気がうるさい」

「ええええええ！ 申し訳ありません！」

と一歩下がる。

そして背後から言ってくる。

「しかし相変わらずすごい人気ですね、クローリー様」

なんて言葉に、クローリーは応える。

「君がこれ見よがしなテンプル騎士の制服を着てるから、こんなことになるんだよ。普段はこんなに声をかけられない」

普段クローリーは、帯剣はしているものの、他には騎士とわかるような姿はしていなかった。そのときはほとんど声をかけられることもない。

制服を着るかどうかで、それほどの違いがでる。

テンプル騎士の名は、日に日に大きくなっているように思えた。

ジョゼが言った。

「ですがみな、制服を着ている私ではなく、クローリー様に頭を下げていました。やはりあれですかね。風格や威厳の違いのようなものがあるのでしょうね」

「………」

「私もいつかクローリー様のように背が伸びて、筋肉もたくさんつくようにと、神様に毎日祈っているんです」

「はぁ？　そんなこと祈ってるの？」

思わずそう聞くと、ジョゼは横に並んできて嬉《うれ》しそうに言う。

「はい！　それが私の夢です。今日も朝、教会で祈ってきました」

それからジョゼはクローリーを見上げて、聞いてきた。

「しかしクローリー様は……いつ礼拝にいかれているのですか？」

「僕？」

「はい。そういえば一度も、教会でお見かけしたことがないものですから。クローリー様ほどの騎士様になると、別の場所へいかれているのでしょうか？」

それに、クローリーは首のロザリオに触れる。そして、応える。

「僕は、あの戦場で一生分祈ったからね。もう神は僕の顔を見飽きただろう」

「戦場……十字軍に参加された、あの戦場の話ですよね」

ジョゼは声音《こわね》こそ抑えていたが、瞳《ひとみ》が隠しきれない好奇心で輝きはじめた。まずい話題になったな、とクローリーは思う。

ジョゼが聞いてくる。

「戦場で、なにを神に願われたのですか？」

それにクローリーは思い出す。当時、自分はなにを願っていたか。

「いや、口にするのは恥ずかしいくらい、大義もなにもない利己的なことばかりだったよ。今日も斬られませんように。矢が当たりませんように、ってね」

「そして神は祈りを聞き届けてくださったんですね！　なにせクローリー様は、エジプトで数多《あまた》の異教徒を屠《ほふ》り、英雄になられたんですから！」

また英雄という言葉が出た。

みんな英雄と言いたがりすぎのように思う。

クローリーは、答えた。

「だけど戦争には負けた。僕が弱かったせいか……もしくはお祈りが足りなかったかな」

「クローリー様は弱くなどありません！　きっとあの敗北も、神様が与えてくださった試練です！　神様がクローリー様を愛するからこそ、さらなる研鑽《けんさん》と成長の機会をお与えになったのです！」

それはとても騎士らしい意見だった。剣術の生徒のヨーゼフは、ジョゼに教育してもらったほうがいいかもしれない。

クローリーは笑って、ジョゼの頭にぽんっと手を置いた。

「まったく。ジョゼはきっと、いいテンプル騎士になるよ」

「ほ、ほんとですか⁉」

褒《ほ》められて、頬《ほお》を真っ赤に染めて喜ぶジョゼを見て、クローリーは笑う。自分にもかつて、これほどまで理想に燃えた時期があっただろうか。それはもう、思い出せなくなってしまっていた。

しばらく市街を進むと、裏路地に入っていく狭い道の入り口に、人だかりができているのが見えた。市民たちが遠巻きに、おそるおそる裏路地をのぞきこんでいる。

「クローリー様、あれ、なにかあったんでしょうか……？」

「ふむ。ちょっといってみようか」

「はい」

二人は人だかりへと近づいていった。騎士がきたのを見て、人々は道をあけた。その間を通って、クローリーは暗い路地の前まで進む。

まだ昼下がりだというのに、その路地はぽっかりと地獄が口を開けているかのように、暗く、薄汚れて、不気味《ぶきみ》な雰囲気が漂っていた。

ジョゼが背後で、市民に声をかけている。

「いったいなにがあったのか？」

するると中年男が答えた。

「あ、騎士様。それが、よくわからねぇんですが」

「よくわからないなら、なぜ集まっている」

「ああでも、騎士様。近づかねえほうがええです。恐ろしいもんがなかにいるって話で……」

「恐ろしいもの？　いったいなんの話だ」

「バケモンです。人の血を吸って殺す、バケモン」

「人の血を？　つまりそれは、殺しがあったということか？」

「はい」

　ジョゼがクローリーの横に並んでくる。

「殺しのようです、クローリー様」

　クローリーはうなずいた。

　そのまま真っ直ぐ暗い路地の中へと進む。

「あ、クローリー様」

　と、追いかけてこようとするジョゼに、命じる。

「しばらくここに近づくなと、みなに伝えろ。少し調べてみよう」

　すると男が言った。

「し、調べてくださるんですか⁉」

　クローリーは答えない。だがジョゼが代わりに言う。

「クローリー・ユースフォード様に任せておけば、大丈夫だ。なにせクローリー様はあの十字軍で……」

「ジョゼ」

「え、あ、はい」

「黙りなさい」

「す、すみません。とにかく、クローリー様に任せておけば大丈夫ですから、みな、この場から離れなさい」

するると女の声がした。

「騎士様、お一人では危険です。このバケモノには、もう何人も殺されてるんです」

声はクローリーのほうへとかけられていた。

振り返ると、他の市民たちとは違う、あきらかに薄着の女がいた。おそらくは商売女だ。豊満な胸と足が大きく露出している。美人だった。肌がうっすら褐色で、異国の血が入っているように見える。

その女が、泣きそうな顔で言う。

「私たちのような女ばかりを狙って殺すバケモノです。もう、何人殺されたか」

ジョゼが言う。

「そんなに殺されているのに、誰も動かなかったのか?」

「商売女が何人殺されたところで、誰も動いてはくれません。ですがもう、この半年ほどで、暗闇の悪魔に三十人は殺されています」

暗闇の悪魔――という、名前までついているようだった。街の中で三十人も殺している奴がいれば、確かにそいつはバケモノと呼ばれるだろう。

街中で人を殺せば悪魔。

戦場で殺せば英雄だ。

女が言った。

「ですからお一人では……」

が、笑顔で遮って、クローリーは言った。

「警告感謝する」

「ですが」

と、言った女に、ジョゼが怒った。

「おい、商売女の分際《ぶんざい》で、出過ぎだぞ。このお方を誰だと……」

「ジョゼ。仕事をしろ」

少しだけ怒気のはらんだ声でたしなめると、ジョゼは、

「あう」

と、口をぱくぱく開けたり閉めたりしてから、すみませんでした、と、言った。それからやじうまたちを追い払う。

クローリーは路地の中へと進む。

路地に入った瞬間、戦場にいたころによく嗅《か》いだ匂いが漂っているのがわかった。

血と、死の匂いだ。

脳裏に戦場での光景が浮かぶ。仲間と、異教徒たちの死体の山の光景。

「…………」

暗い路地を進む。

死体はすぐに見つかった。

地面に、うつぶせに寝かされた女の死体が、一体。やはり商売女だ。彼女は裸だった。

首をナイフで切り裂かれている。

だが、

「なぜ、血がない？」

壁と地面に、おそらく切りつけられたときにできたであろう血の跡は少しあるが、それでも首を切られて死んだにしては、血の量が少ない。地面が血によって水たまりのようになってもおかしくないはずだ。

クローリーはその死体に近づく。髪をつかんで、その顔を見る。恐怖に歪んだままの表情で、絶命していた。やはり血は垂れない。あまりに血の量が少ない。

「血を、抜かれたのか？」

と、彼は小さく呟《つぶや》く。

それから地面に女を捨て、立ち上がる。

他にも死体があったからだ。

壁に七本、杭《くい》のようなものが打ちこまれている。そしてそれにぶら下げるようにして、縄で足をくくられ、逆さまになった女たちの死体が、やはり七つ。

全員が首を切られている。まるで兎《うさぎ》の血抜きをするときのような要領だ。樽《たる》かなにかで血を持ち帰っていない限りは、地面は血の海になっているはずだった。

つまりどうやらこの殺人鬼は、血を持ち帰っている。

だが、それはいったい、なんのために？

するとそこでまた、あの戦場での記憶が蘇《よみがえ》る。

それも最後に見た、悪魔の記憶だ。

うっとりとした顔で、人の首から血を吸い取る、美しい悪魔の姿。

だがあれは、幻覚だったはずだ。あまりにも悲惨な戦場で、心から神が失われ、心が弱くなってしまった自分が見てしまった、幻覚。

血を吸うバケモノなどいるはずないのだから。

「……だが、これは……」

と、呟き、まるで助けを求めるかのように、自分の首から下げたロザリオに手を伸ばしてしまったところで、背後から声がした。

「うぷっ……ひどい、匂いだ」

ジョゼが隣にきて、言う。吊《つ》り下げられた死体を同じように見上げ、

「いったい、なんですか、これは」

それにクローリーは答える。

「死体だよ」

「それは私にも、わかります。ああ、もう、耐えられない匂いだ。クローリー様は、よく平気ですね」

「匂い？　ああ……まあ、死体は見慣れてしまったからね」

「これに慣れるのですか？　さすがです。私も見習わなければ」

と、なにを思ったのかジョゼは深呼吸のようなものをしようとして、それからむせはじめる。クローリーはそれに、こんな悲惨な状況の中なのに思わず笑ってしまった。

ジョゼは本当に純粋な子だった。正直なところ、彼に戦場へいってほしくない。彼は優しく、小柄で、戦うことに向いているとはとても思えないからだ。もしも彼が戦地へと向かうことになったなら、すぐにこの、ひどい匂いの物体の仲間になってしまうだろう。

戦場で、神は弱者に優しくない。

吊り下げられた七つの死体を見上げ、ジョゼが、怯《おび》えたような声音《こわね》で言った。

「……魔女の仕業《しわざ》かなにかですかね？」

確かにそういった、黒魔術めいた匂いは感じられた。

悪魔を信仰する者の、儀式かなにかか。

悪魔——血を吸う悪魔。

「これはもしかしたら、テンプル騎士が動いたほうがいい問題かもしれないな」

「私が報告にいきましょうか？」

「頼めるかな」

「はい！　すぐに戻ります！」

ジョゼが路地から飛び出していく。その間もしばらく、なにか手がかりがないかとその場でクローリーが死体を見上げていると、再び背後《はいご》で声がした。

「うわわー、なになになに、これは壮観だねぇ〜」

へらへらとした、妙に軽薄な声だった。

もうテンプル騎士の誰かがきたのだろうか？　ジョゼはまだ、路地を出たばかりなのでそうは思えないのだが。

「…………」

クローリーが振り返ると、そこには一人の、異様なほどに妖艶《ようえん》な、人間離れした美貌《びぼう》を持った男が立っていた。

銀色の長い髪に、血管が透けそうなほどに白い肌。身に纏《まと》っている服も仕立てがよさそうな、高級なものだ。

こんな服は、上級騎士たちも着ることができない。

つまり彼は、どこか大きな商家の人間か、もしくは、

「……あなたは、貴族の方でしょうか？」

すると男はまた、へらへらと笑ってこちらを見上げて、言った。

「そういう君は、殺人鬼？」

この状況で、そんな冗談を言える者は少ないはずだった。なにせここには、気味の悪い殺され方をした死体が、八つもあるのだ。日頃訓練をしているジョゼでさえ、嘔吐《おうと》を我慢するほどの死臭が漂っている。

その中で、この男はへらへらと笑っている。それにクローリーは少し、緊張する。

もしかしたら、こいつが犯人かもしれない。そんな可能性を頭の中に浮かべながら、右手を緊張させる。すぐにでも腰の剣を抜けるように。

そしてもしも相手が手練《てだ》れの武人であれば、その筋肉の動きがわかるはずだった。いや、

わかるように、クローリーはかすかな動きを見せた。

犯人がこいつなら、首を落として終わりだ。もし妙な動きをしたら、すぐにでも剣で斬り落としてやる。そのための動きのイメージを、頭の中で作り上げる。

だが、目の前の美しい男はそのクローリーの筋肉の動きに、反応しなかった。

まるで警戒心のない無防備な様子のまま、吊《つ》り下がっている死体へと目を向ける。

「確かに君の高い身長と、鍛え上げられた体があれば死体を吊り下げることができるかもしれないけど、僕には無理だなぁ。それに、君がやるにしたって七体も吊るのは大変だったろう。もし君が犯人なら、いったいこれ、どうやったの？」

と、言った。

それはまるで、自分の身の潔白を証《あか》しているような言葉だった。

確かにこの男が言うとおり、これをやるのは一人では無理そうだった。もしやれたとしても、かなり時間がかかるだろうし、それにこの男の身長や体つきで、これをやれるようには思えなかった。

背は小さいほうではないが、体は細く、鍛えられているようには見えない。

クローリーは緊張を解き、言った。

「私が殺人鬼なら、あなたはもう殺されてますよ」

「じゃあ誰なの？」

「騎士です。テンプル騎士の。クローリー・ユースフォードと申します」

するると男はこちらを見上げ、なぜか少し楽しげに、それでいて値踏みするような目でじっくりと視線を動かしてから、言った。

「ユースフォード家の、クローリー君ね。よし、名前は覚えた」

ユースフォードを知っていた。やはり彼は、貴族のようだ。

「あなたは？」

と、聞くと、美しい男は名乗った。

「フェリド・バートリー。確かに君のいうとおり貴族の出だけど、田舎貴族だから、気を遣って話さなくていいよ。君だって貴族の出だろ？」

クローリーは笑って、

「ですがなにも継ぐもののない、三男です」

というのに、フェリドも笑う。

「じゃあ僕も三男ってことで、敬語はやめようよ、クローリー君。あ、君は僕のことをフェリド君って呼んでいいよ」

ずいぶんと気安い男だった。クローリーはそれに応えず、聞いた。

「ところであなたは、なぜこんな場所へ？」

するとフェリドは楽しそうに答えた。

「もちろん女を殺しにきたのさ」

クローリーがそれに、フェリドを見つめると、彼は笑う。

「なに、真面目に答えなきゃいけないの？」

「できれば」

「さっそく尋問ってわけかな？」

「いえ、そういうわけじゃ……」

「まあでも、娼婦《しょうふ》がいるところにくる理由って一つだろ？　女を買いにきたんだ。あ、それともクローリー君はあれかな。商売女に説教するのが趣味なほう？　クズだなぁ」

と、やはりフェリドは楽しそうに言う。それに、少しうるさい奴だな、と、クローリーは思い始める。

「こんな場所にこなくても、貴族のためのしかるべき娼館があると思うけど」

少し、口調がくだけてしまった。フェリドがそれに、にやりと笑った。

「君だって同じだと思うけど、同じ食べ物ばかりだとあきるだろ？」

「さてね、僕は女を買わないから」

「え、まさか童貞？」

クローリーは答えなかった。だがフェリドはやはりにやにや笑いながら、

「そんなはずないか。この体で、その顔。女が放っておかない」

と、こちらの胸に触ってこようとする。

その腕をつかむ。華奢《きやしや》な腕だった。折ろうと思えば、簡単に折ることができそうだ。

だが、フェリドはやはり楽しそうに言う。

「おまけにテンプル騎士の破竹《はちく》の勢い。入団には清貧《せいひん》、貞潔《ていけつ》、従順《じゆうじゆん》を誓うというが、その実体は金と女と欲にまみれてるんだろう？　君が寝る女はこんな場末の女じゃなく、貴族の女たちかな？」

クローリーはフェリドをにらんで、言った。

「少し、馴《な》れ馴《な》れすぎやしないか？」

「そう？」

「君、男色家だろ？」

だがそれに、フェリドは笑う。

「女を買いにきたと言ったろう？」

クローリーはフェリドの腕を押し返して、少し離れる。

そして、言う。

「とにかく、ここは店じまいだ。女はみんな死んだ」

フェリドがまた、楽しそうに笑う。

「確かに、今日は無理そうだね。まあ、死体を試してみるという手もあるけれど」

なんて言いながらしゃがみこみ、地面に倒れている死体へと手を伸ばす。

「なにするつもり？」

と聞くと、フェリドは死体の、ぱっくりと開いた首に指を差し入れる。ぬちゃ、ぬちゃっと傷口をまさぐる音がする。

異常な奴だ、と、思ったが、迷信に振り回されてバケモノに怯《おび》えている市民に聞くよりは、少なくともこの状況でも冷静さを保っていられるこの男に情報を聞くほうが確かだと思い、クローリーは質問を続けた。

「君は……」

「フェリド君と」

「……じゃあ、フェリド君は、よくここに出入りしてるのかな？」

「この数か月くらいはね」

「なら、こういう殺人が起きていることは知ってた？　もう三十人以上が殺されてるっていう情報もあるんだけど」

するとフェリドは答える。

「そんなことを言ってる女も、いたような気はするけど……ああ〜、そういえば、人間の血を吸うバケモノ――吸血鬼がこのへんに出るなんてふざけた寝物語を言ってた子はいた気がするな。まあもちろん、そんなのがいるなんて信じてなかったけどね。でもこれを見ちゃうと、ちょっと信じそうになるなぁ」

なんて、言う。

クローリーはそれに聞く。

「信じるって、なにを？」

「吸血鬼の存在」

「まさか」

「なんだよ。神の存在は肯定するのに、吸血鬼のことは否定するのかい？」

という発言は、非常に危ういものだった。聞く者によっては、フェリドのことを不道徳な異端者《いたんしゃ》だと言う可能性だってある。

クローリーはフェリドを見下ろして言った。

「言葉には少し、気をつけたほうがいいよ」

「あれぇ、会ったばかりの僕のことを心配してくれてるの？」

嬉《うれ》しげにこちらを見上げたフェリドの顔は無邪気で、怒る気も失せてしまう。だがそれでも、

「僕以外のテンプル騎士の前では、そんな発言はしないほうがいい。そうじゃなくてもこの状況は異常だ。魔女や悪魔主義者の関与を疑われる。不用意な発言はやめたほうがいい。まあ、やっぱり君が犯人で、悪魔主義者だっていうのなら別だけど」

フェリドは笑う。

「まさかまさか。僕は神様の子だよ。たまには教会もいくしね～」

そう言いながら、女の死体の首から、フェリドは指を抜く。

するとそこで、背後から声がした。

「クローリー様！」

彼は振り返る。するとジョゼが戻ってきていた。まだ、テンプル騎士たちはきていない。おそらくジョゼだけ、走って戻ってきたのだ。

フェリドが言う。

「あのかわいい子は誰？　君の恋人かな？」

それに答えず、クローリーは言った。

「それで、応援は?」

「すぐに到着します!」

「そうか。じゃあ僕の出番は終わりだね」

「そんな……みな、クローリー様に会えると急いでこちらに向かってるんですよ」

ならなおさら会いたくない。

どうせまた、早く戻ってきてほしいとうるさく言われるだけだ。

だからクローリーは言った。

「ジョゼ」

「はい」

「ここは任せた。うまくテンプル騎士団に引き継ぎしてくれ」

「え、でも」

そのままクローリーはその場をジョゼに任せて、路地から出る。

「あ、ちょっと待ってよ。僕も出る。君といないと魔女狩りにあっちゃうからねぇ〜」

なんて言いながら、フェリドも背後からついてくるが、彼は振り返らない。

しかし少し行動が遅かった。路地から出たところで、数人の騎士たちに会ってしまった。

先頭には、ジルベールがいた。他にも、顔を知っている上級騎士たち。そして、それに従う従騎士が二十人ほどいた。大所帯だ。それは、悪魔崇拝者を捕らえるためか、それとも、クローリーに騎士たちを引き合わせるためにそうしたのか。

ジルベールが言った。

「クローリー様。あなたが助けを呼んでいると聞いて、駆けつけました。ここに集まっている者たちはみな、あなたの信奉者です」

どうやら、後者のようだった。

クローリーは言った。

「そんなことはどうでもいい。この路地の中で、女が八人、殺されている。犯人を捕まえてやってくれ」

それにジルベールが、クローリーの背後の路地を見る。

「悪魔崇拝者の仕業《しわざ》の可能性がある、と聞きましたが」

「自分の目で見てみるといい」

「では、ご一緒に」

が、クローリーは首を振った。

「いや、僕はこのあと用事があるから」

「クローリー様。それが嘘《うそ》だということを、私は知っています。もうこれ以上は逃げられませ……」

しかしそこで、背後にいたフェリドが前に出て、言った。

「いやー、これが用事があるっていうのはほんとなんだよねー。今日はうちの館の晩餐会《ばんさんかい》にクローリー君を招待することになってたんだけど……途中で妙な事件に巻きこまれちゃってさ。でも、テンプル騎士の君たちがきてくれたなら、もう安心だよね。いやいや、よかった。これで街の人間たちも安心できるし、晩餐会にも遅れずにすむ」

と、笑顔で言った。

助けてくれているつもりだろうか？

ジルベールはフェリドを見て、しかしなにも言わなかった。フェリドの姿や、立ち居振る舞いが、あきらかに貴族とわかるものだったからだ。

「さあいこうよクローリー君」

「ん？　あ〜」

「さあさあ」

と、腕を引かれる。それにうなずいて、クローリーはフェリドについていく。

するとジルベールが言う。

「ジョゼ」

「は、はい！　なんでしょうか、ジルベール様」

「従騎士の仕事は？」

「え、えと……」

「主《あるじ》がもしも迷っているようなら、それをただすのも仕事だとは思わないか」

などと、ジルベールが余計なことを吹きこむ。

それからジルベールはこちらを振り返って、言った。

「クローリー様。必ずあなたは、私たちのところへと戻ってくる。我々はそう信じております」

だがそれにも応えずに、クローリーはフェリドについていく。

横にいたフェリドが小さく笑って言う。

「はは、モテモテだなぁ、クローリー君は」

クローリーはうんざりしたように、腕を引っ張るフェリドの顔を見る。

しばらくそのまま進み、一度角を曲がったところで、彼はフェリドの腕を振りほどく。

「もういいよ」

「そう？　で、どうだった？」

「なにが？」

「助かった？」

なんて言葉に、うんざりしたようにフェリドを見て、クローリーは答えた。

「まあ、そうだね」

「お礼を言う気は？」

「助けてくれとは言ってない」

「あはは。まあ、そうだけど。で、これからどうするの？」

「帰るよ」

「あれ、でもたしか、うちの晩餐《ばんさん》にくるはずだろう？」

「そんな晩餐ないでしょ。誘われてもないし」

「じゃあ誘えばいいの？　おいでよ」

「やだよ」

「え、なんで」

「会ったばかりの、それも死体の首に指を突っこむような変態の家にいきたくない」

するとまた、フェリドは笑った。

「ははは、君がやらないから僕がやったのに、ひどい言われようだなぁ」

そしてフェリドは少し歩くのを速め、クローリーの前に出る。そのまま手をあげる。女の首をまさぐったほうの手を。そして血の付いた指を掲げ、くるくると回す。するとその指には、金属でできた、細い針のようなものがつままれていて。

「ん？　それは？」

と、クローリーが聞くと、フェリドが肩をすくめて答える。

「さてなんでしょね」

「それ、まさか死体の首の中から出てきたのか？」

「うん。だから凶器だと思うけどねぇ」

「ちょ、それ持ってきちゃだめでしょ」

「え？　なんで？　問題ないでしょ。君と僕で事件を解決すればいいんだし」

「はぁ？　なんで僕らで解決するんだよ」

「おもしろそうだから？」

「あの、フェリド君、君さぁ……もう、とにかくそれはテンプル騎士の人間に返さないとだめだよ」

というのに、やはりフェリドは笑って、

「はい、じゃあどうぞ、テンプル騎士君」

針状のなにかを、差し出してくる。

「君が戻って、返しといてよ。もちろんそしたら、また戻れだなんだと言われるだろうけど」

クローリーが顔をしかめると、またフェリドは笑う。

「まあ、堅いこと言わずに、とりあえず今夜はうちの晩餐《ばんさん》においでよ。一緒にこれからどうするか、話そう」

「いや、これからもなにも、ないよ。いったいなにするつもりなの？」

と、クローリーが聞くと、フェリドはやはり器用に、針を指先でくるんくるんと回してからぴたりと止め、その針を、まるでのぞきこむように見る。

そして言う。

「銀製。空洞になってる。これで血を吸ったのか、あるいは抜いたのか。あの路地で八人を殺した吸血鬼は、銀の牙《きば》を生やしてる」

流れるような口調で、フェリドはそう言った。

さらに、続ける。

「でもまあ、銀の牙が生えてる生き物なんていないから、これは誰かが作ったものだろう。だけど銀細工の針に、これほど細い穴をあけられるような職人は限られている。きっとこれを作ったのは名のある彫金師だね。ってことはたぶん、辿《たど》れるねぇ。もちろん僕は綺麗《きれい》なものが好きだから、彫金師にも知り合いがいるけど、これが作れるほどの職人は誰か、聞いてみてあげようか？」

なんて一気に言ってきて、この男が、ひどく頭が切れる奴だということが、わかった。女の死体の首に手を突っこんだのも、変態だったからじゃない。あの状況で、どこに証拠が残っているのかを、彼はすぐに判断したのだ。

クローリーは聞いた。

「ちょっと、聞いていいかな」

「なにかな」

「他の……」

が、まるで先読みするようにフェリドは言った。

「たぶん他の死体には証拠は残ってないと思うよ。吊《つ》り下げられた七体は綺麗に管理されてた。血は一滴も垂れてなかった。七つの体はぴたりと等間隔で並んでいた。まるでアートだ。だから犯人は、とても神経質な奴だと思う」

針をくるんっと、もう一度回してから続ける。

「だが最後の一体はどうだろう？　壁に血がついてた。地面も少し汚れてた。吊り下げられてもない。杜撰《ずさん》だ。とても杜撰。きっと、最後の一体を処理しているときに、問題が起きたんだ。抵抗されたのか、誰かに目撃されたのか。こういうときは証拠が残りやすい。で、傷口をあさってみたら、案《あん》の定《じょう》」

針をぽいっと放る。

それをクローリーは受け取る。その針を見る。自分では、その針に空洞がある、ということにすら気づかないかもしれない。

彼はもう一度、聞いた。

「あともう一つ、聞いていい？」

「なになに？」

「君はいったい、何者なんだい？」

するとフェリドは、嬉《うれ》しそうににやりと笑って、

「楽しく愉快な、君の友達だよ」

そう言った。

それにクローリーは、妙な奴に絡まれてしまった、と思う。この男がなにを考えているのか、まるでわからなかった。おまけにひどく頭が切れる。かすかに、この男と付き合うのは危険だ、というような警告めいた直感が働く。

クローリーは手を、首もとへと動かそうと考えた。

だがそこで、フェリドが言った。

「不安になると、ママ助けてーってばかりにロザリオを触るクセはやめたほうがいいんじゃない？」

「…………」

しかしそのとき、クローリーは腕を動かしていなかった。ただ、筋肉のかすかな動きだけで、フェリドはそう言った。

これに気づくのなら、最初の、腰の剣を引き抜こうとした素振《そぶ》りにも、気づいたはずだ。なのにまるでフェリドは警戒する様子を見せなかった。

それは、なぜか。

クローリーは聞いた。

「なぜ、剣をよけなかった」

それで、こいつには伝わるはずだった。するとフェリドはこちらを見て、言った。

「君がいい人そうだったから。それに僕みたいなひょろひょろな体じゃ、君の剣はよけれないよ」

「……なら、僕が剣を抜こうとしたのは」

「気づいたよ」

「なのにあんなに平然としてられるの？」

「何度も言うけど君、いい人そうだから」

頭のねじが一本抜けている――そうとしか思えなかった。暴力をふるわれるとわかっていて。殺されるかもしれないとわかっていて、あれほどへらへら笑ったままなにもせずにいられるのは、異常だ。

異常で、それでいて妙に、魅力的な男だった。

「さてクローリー君。これからどうする？　僕と一緒に、事件を解決する遊びに付き合ってくれるかな？」

するとそこで、ジョゼが追いついてきた。

「クローリー様！　ああ、よかった。まだここにいたんですね」

クローリーは、振り返る。ジョゼに聞く。

「調査はどうなりそうだった？」

するとジョゼが答える。

「あ、死体を持ち帰るそうです」

だがもう、あの死体からは証拠は出ない。

「それから次の事件が起きるのに備えて、あのあたりを巡回する、とのことでした」

そんなことでは、この犯人は捕まらないだろう。この犯人は神経質で、几帳面《きちようめん》だとフェリドが言った。なら、本気で調べる気のないテンプル騎士団に、捕まったりはしないだろう。

貴族でも殺されない限りは、もしくは、多額の寄付でも出されて頼まれない限りは、商売女が殺されたくらいでは動かない。

つまり、自分たちが動かなければ、もう、この犯人は捕まらないということになる。

クローリーは、手に持った血の付いた針を見つめて、聞いた。

「フェリド君」

「ん？」

「ほんとに彫金師に心当たりがあるの？」

するとフェリドはにやりと笑った。

「あるよ」

「いますぐ案内してくれる？」

「だめ。疲れちゃったから〜。だから、今日は僕が開く晩餐会《ばんさんかい》にきて英気を養って、続きはまた明日にしよう」

どうしても食事に誘いたいようだった。

だが、

「その晩餐会の誘いを断ったら？」

するとフェリドは、

「どうせ君は断らないよ」

まるでわかっているといわんばかりの表情でそう言ってから、懐から小さな紙を出した。

そしてそれを、ジョゼへと渡す。

「え、これは……？」

「僕がいま滞在している屋敷の住所。君もきていいよ。ジョゼ君。晩餐会は、大人数のほうが楽しいからね」

そう言いながら、去っていってしまう。

その後ろ姿は妙に楽しげで、足取りが軽やかだった。

ジョゼがその後ろ姿を見て、言った。

「なんですか、あれは」

「貴族だそうだ」

「へぇ。貴族に知り合いができるのはいいですね。着ているものも、すごく綺麗《きれい》でしたし」

確かに妖しいほどに綺麗な男だった。

容姿も、動きも、その口調も。

まるで人を堕落させる悪魔のように美しい男で――

そしていま思い返してみると、その彼に魅力を感じてしまったことが、なにもかもの、すべての始まりになってしまったように、思う。

◆◆◆

金がありすぎると、人はちょっとおかしくなるのかも知れないな――と、フェリドの屋敷に招かれたクローリーは、そう思った。

フェリド・バートリーの屋敷は市街から少し離れた、もの寂しい場所にあった。

屋敷の門の前で名乗ると、すぐに門が開いた。

すると中には、十数人の少年少女たちが並んでおり、いっせいに挨拶してきた。

「ようこそおいでくださいました、クローリー様！　ジョゼ様！」

その少年少女たちが着ている服は、異様だった。どういう素材なのか、中が透けてみえる薄いヴェールのような布を纏《まと》っているだけで、光の加減によっては、その奥の裸体がかすかに見えてしまう。見ようによっては、服を身に纏っていないのよりも、卑猥《ひわい》に見えた。

それにジョゼが顔を真っ赤にして、驚く。

「わ、わ、いったい、なんですか、これ」

変態の所行《しょぎょう》だよ、と、クローリーは思う。ここまで明るく変態だともう、ちょっと、笑ってしまいそうになるが。

クローリーはその、少年少女を見下ろす。その全員が目を見張るほどの美男美女だった。

少女の一人が言う。

「フェリド様がお待ちです。どうぞ」

クローリーがうなずいて、屋敷の中へと進むと、奥でフェリドがにこにこ笑っていた。

「や、クローリー君。ジョゼ君。やっぱりきてくれたんだね」

というのにクローリーはうなずいて、フェリドの前へと進む。すると少年少女たちも、わらわらとついてくる。

それにクローリーは、フェリドに聞く。

「この服なに？」

「綺麗《きれい》だろ？　君も着たい？」

「馬鹿言わないでよ」

「それだけ鍛えてたら、似合うと思うんだけどなぁ」

と、少し残念そうに言うフェリドに、クローリーは聞く。

「で、この子たち、なに？　君の趣味なの？」

するとフェリドは肩をすくめて、

「いやいや、クローリー君が喜ぶと思ってさ」

「失敗だよ」

「うそ。いいと思ったんだけどなぁ。でもまあ、子供から大人まで、よりどりみどりに揃《そろ》ってるよ。寝てみたい子がいたら言ってよね」

「遠慮しとくよ」

「なんでよ」

「君のお下がりをもらったら、あとで怖そうだろ？」

「ははは、ま、僕は体には手を出してないんだけどねぇ」

なんてことを、言った。

だがその言葉の意味がわからなかった。体には手を出していない。いったいそれは、どういう意味だろうか？

金持ちの変態のやることはもう、まるでわからなかった。

隣を見ると、ジョゼが目のやり場に困ったようにうつむいて歩いている。彼はまだ若い。そういう経験が乏しいのかもしれない。

そのジョゼの様子をフェリドが、してやったりとばかりに嬉《うれ》しそうに見下ろしていて、クローリーは本当に妙なところにきてしまったと、ため息をつく。

それから、聞いた。

「フェリド君、君さ、かわいい子がこんなにたくさんいるのに、なんであんな場末の路地にきたんだよ」

「ん〜？　いやー、一度手に入れたものには興味なくなっちゃうんだよねぇ」

「質《たち》が悪い男だな」

「でも付き合ったら楽しそうだと思ったんだろう？　じゃなきゃ君はここにこない」

図星《ずぼし》だった。だがそれにクローリーは苦笑して、言う。

「少なくとも、君に仕える騎士にだけはなりたくないよ」

「意外といい主《あるじ》かもよ」

「ありえないでしょ」

「いやいや、やってみないとわからないさ」

「ありえないね」

そんなことを言い合っているうちに、食堂にたどりついた。

そこは静かな広間だった。部屋の中はとてもいい香りが漂っていた。かすかに香《こう》が焚かれているのだ。そしてその匂いをクローリーは知っている。脳を麻痺《まひ》させて、幻覚を見せる類《たぐ》いのものだ。まあ、この程度の量であれば、たいした効果はないだろうが。

部屋の中央には長テーブルがおかれ、その上に、綺麗《きれい》な食器と、食べ切れそうにないほどの食事が並んでいた。

さらに、銀でできたナイフとスプーンが二人分用意されている。それだけで、フェリドがどれほどの資産を持っているかが、わかる。

ナイフは通常、食卓の上には乗らない。ましてや高価な金属であるはずの、銀でできたナイフなど、クローリーは見たことがなかった。

フェリドはナイフとスプーンが用意されていない席に座った。つまり彼は、食事をとらないということだ。

クローリーは聞いた。

「君は食べないの？」

するとフェリドは微笑《ほほえ》む。

「僕は小食でねぇ」

「毒でも入れてるんじゃないの？」

「なんのために？」

「僕にあの妙な服を着せるためとか？」

と、クローリーが言うと、フェリドはそれに楽しそうに笑う。

「おっと、これは失敗したな。それなら毒を入れておけばよかった」

クローリーは席の一つに座る。ジョゼもその向かいに座った。

用意された料理を見下ろす。肉が多かった。建前上、テンプル騎士団は肉食が禁じられている。食べていいのは、決められた三つの曜日だけだ。今日は、何曜日だったろうか。

クローリーはもう、テンプル騎士たちの厳しい戒律をあまりきちんと守っていないが、これほど豪華な食事を目の前にしたら、上級騎士たちよりもさらに厳しく節制させられている若いジョゼなどは頭が爆発してしまうかもしれない。

女と、肉と、酒。

おまけに、理性をなくさせる香《こう》まで焚《た》かれている。

クローリーはジョゼのほうを見る。ジョゼは目の前の肉を凝視している。

フェリドがそれに、言った。

「美味しい食事を目の前に、我慢はよくないね。今日の出会いに乾杯したらさっそく食べようか」

給仕の少女が、フェリドの前に陶製の杯《さかずき》をおく。中には赤い液体がなみなみとそそがれている。

それがなぜか、クローリーには血のように見えてしまった。

瞬間、あの路地の八人の女の死体を思い出す。

血を抜かれた死体。だが、抜いた血はいったい、どうするのだろうか？

血を飲むバケモノ。

人の血を飲む、バケモノ。

「…………」

その言葉で思い出すのは、また、あの戦場のことだ。毎日見る、悪夢だ。

その悪夢には、幻覚としか思えない、奇妙なバケモノの姿がいつも現われる。それはあの戦場にもう、二度といきたくないという自分の心の弱さがみせるバケモノなのか。悪夢を見すぎて自分でももうよくわからない。

ただ、毎日、戦争の夢の最後に、あのバケモノは現われる。

美しい、褐色の肌をした、吸血鬼の姿。

その吸血鬼は仲間たちを軽々と殺し、その首に喰《く》らいついて、血を吸い出してしまう。

クローリーは、血のような液体の入った杯を手にした、フェリドに聞いた。

「その杯に入ってるのは、なにかな？」

するとフェリドが答えた。

「これ？　これは赤ワインだよ」

「そのわりには妙に、赤すぎる気がするけど」

そこでクローリーとジョゼの前にも、少女が陶器でできた杯を置いた。中には同じ色をした液体が入っていた。

匂いは確かにアルコールの匂いだ。赤ワインの匂い。だが、妙に赤いように思える。

するとフェリドが言った。

「赤ワインに、数滴、今日料理に出している獣の肉の血をたらしてみたんだ。どう？　雰囲気でるだろう？　なにせ僕らはこれから、血を吸うバケモノ退治をするんだからねぇ」

と、笑った。

どうやらそういうことのようだった。

フェリドがにっこり笑って、

「じゃあ、晩餐会《ばんさんかい》を始めようか。今日の出会いと、そして事件解決に」

杯を掲げてくる。ジョゼもこちらに遠慮するようにしながら、掲げる。

クローリーはそれに、もう一度杯の中の液体を見下ろしてから、杯を持った手を上げると、フェリドが言った。

「この新しい友情に」

そして杯を口にした。

クローリーもその液体を口に含む。本当にたらしたのはほんの数滴だったのだろう。血の味はしなかった。飲んだことのない、品質のいい酒の味がした。

そして食事は始まった。話す内容はたわいもないことばかりだった。フェリドが各地を放浪していたときに経験した、本当かどうかあやしい小話。だがそれはそれなりにおもしろく、思いの外《ほか》楽しい食事になった。

特にジョゼの飲みっぷり食べっぷりがすごくて、体を壊さないかと心配になるほどだった。酒を飲みすぎて目がうつろになっているジョゼを、クローリーはたしなめた。

「ジョゼ、もうそのへんにしておきなさい」

「あ、あ、いえ、私はまだ、大丈夫ですよ」

するとフェリドが言う。

「じゃあもう一杯いこうか？」

「フェリド君」

それにフェリドは笑って、

「ジョゼ君の分のあの透けた服も用意してあるんだ。酔いつぶさないと」

あきれた男だ。クローリーは笑い、

「ジョゼ。恥をかきたくないなら、もうやめなさい」

「大丈夫でふって」

もう呂律《ろれつ》が回っていないのに、つがれた酒を飲む。それからなぜかこちらをにらむ。

「クローリー様こそ、全然のんでないじゃないですか〜。いつも冷静で、卑怯《ひきょう》ですよ。逃げないでください」

また逃げるな、だ。

「ジョゼ」

「あなたは、いっつもそうだ。みんなあなたのことを待ってるのに、いったいなにをしてるんですか」

「ジョゼ。いい加減にしなさい」

しかしジョゼは立ち上がり、クローリーを見つめて言った。

「あなたは十字軍の、テンプル騎士たちの英雄なんです！　騎士たちみんなの憧れなんです。それなのに……それなのに、いつまで街外れの剣術指南役でいるつもりなんですか⁉

クローリー様は終わったと言う騎士の方もいて、俺、悔しくて、悔しくて」

と、泣き始めてしまって、これはそろそろ、帰る時間のようだった。

クローリーがフェリドのほうを見ると、

「いや、まだ帰さないよクローリー君。彼の寝所はもう、用意させてある」

「でも」

「君はまだ酔ってないじゃないか。客人を満足させないで帰すわけにはいかないなぁ」

というところで、ジョゼが言った。

「聞いてるんですか、クローリー様！　ちょっと、フェリド様も言ってやってください。この方は、かつてあの十字軍において、数万の異教徒を相手に――」

だがそれに、フェリドが立ち上がって言う。

「まあまあ、君はちょっと酔いすぎだね。少し休もうか」

「私はまらまら大丈夫でふよ！」

「エラ。彼を寝所に連れていってあげて」

と、フェリドが言う。すると近くにいる中で一番華やかな美少女が「はい」と返事をした。そのまま、ジョゼの背中にそっと触れ、

「騎士様。どうぞこちらへ」

と、言う。

それにジョゼは、

「あ、あ、えと」

と、わかりやすいほどにうろたえる。

まあ、これほどの美少女は珍しい。その気持ちはわかる。

フェリドがにやにやしながらこちらを見る。それから言った。

「従騎士くん、エラのこと、気に入った？」

「え、あ、いやあの……」

「君さえ良ければ、今夜その子と寝てもいいよ」

「本当ですか⁉」

テンプル騎士団の、禁欲、貞潔の誓いとはいったいなんだったのか。

すぐにジョゼも気づいて、

「あ、す、すみません、クローリー様。調子に乗りすぎました」

と言ってこちらを見てくるが、うるさいのでもういけと手で合図すると、ジョゼは目を大きく見開き、それから、エラという名の美少女に連れられて、あっさり広間を出て行った。

クローリーはそれに苦笑してフェリドを見て、言った。

「肉。酒。女。まったく、君は悪魔のような男だな」

フェリドはにんまりと笑う。

「堕落する人間が悪いんだよ～」

まるで悪魔を演じる役者のように大仰に身振りをして、言う。

クローリーはそれに笑う。

フェリドは食事中、本当に一口も食べ物を口にしなかった。ワインをずっと飲んでいるだけ。もしかしたら、食べ物を受けつけない病気かなにかかもしれないと、思った。

クローリーの手許の杯にまた、酒がそそがれる。これで何杯目だろうか。

フェリドが言った。

「強いねぇ。ほんとはジョゼ君より飲んでるのにね。まるで酔わないの？」

「酔ってるよ」

「じゃあもっと酔ってよ。それで、君のことをもっと教えてほしいな」

「遊び好きな貴族様を楽しませられるような話題は持ち合わせてないよ」

「そうかなー？　たとえばさっきジョゼ君が言ってた、十字軍で起きた出来事とか、聞いてみたいんだけど」

「………」

「言わないなんてなしだよ。僕の放浪記はたっぷり堪能しただろう？　今度は君の番だ。クローリー・ユースフォードの英雄譚《えいゆうたん》を聞かせてよ」

クローリーはそれに顔をしかめると、

「あの戦争に、英雄はいないよ」

「じゃあなにがある？」

「なにも。ただ、負けただけだ」

「ならその負けについて、ありのままに聞かせて。それともなにかな。土産話《みやげばなし》もなしに、夕食ごちそうになりに来たの？　厚かましい奴だなぁ」

確かにそれはそうかもしれない。このワイン一つとっても、相当な値段のものだろう。杯の中で揺れるワインを見つめながら、クローリーは独り言のように言った。

「……戦争のことなんて、つまらないよ。ほとんど忘れたし」

嘘《うそ》だった。

毎日のように夢に見る。

ひどい悪夢を。

そしてフェリドはそれを、まるで見透かしているかのように、言う。

「人を殺しまくった記憶を、そう簡単に忘れるものかなぁ」

「…………」

「ほんとは君は、話したいはずだ。でもいままで話す相手がいなかった。英雄だなんだと褒《ほ》め称《たた》えられて、君はそれを演じることを求められた」

「…………」

「そうじゃなくてもあの戦争はいく前から失敗だった。それはみんな知ってる。でも、十字軍は体面を保つ必要があるからね。だから、大活躍したヒーローが必要だ。君はそれを押しつけられ、そして逃げた。でも、僕は騎士じゃない。ただの道楽貴族だ。もしくは……」

手をこちらに差し出して、フェリドは言う。

「君の新しい友達だ。だから気持ちを楽にして、好きに語ればいい。不道徳な話も大歓迎だよ。なに？　仲間を見捨てて逃げた？　それとも仲間を殺したかな？　みっともない話でもなんでもいいよ。好きに語って。僕はその、全部を楽しく聞いてあげるよ。だから、言ってごらん」

そう言われ、なぜか、自分の口が開こうとしているのをクローリーは感じた。

そもそも、あの戦場から帰ってきて以来、誰かとこの話をするのは初めてだった。なのになぜ、こんな初対面の男に、自分の内面を語ろうとしているのか。それが不思議でならなかった。

それは酒のせいか。

香《こう》のせいか。

それともこの、ふざけた貴族の、不思議な魅力のせいか。

フェリドが言った。

「さあ、君だけの英雄譚を聞かせてくれ。あの戦場で、いったい君はなにを見た……？」

その問いかけに、クローリーは口を開いた。

それは毎日見る、悪夢の中で繰り広げられる光景。

信じていた神を失い、そして本物の悪魔に出会ってしまった、あの戦場での物語だ。

Seraph of the end

Story of vampire Michaela

第三章　神を失う十字軍

1217年。

十字軍出征前のこと。

「おいおまえら、わかってるか！　この戦いで、我らテンプル騎士団は大いなる力を見せる！　敵や、他の騎士団に目に物を見せてやれ！　神に選ばれているのが、いったい誰なのかを！」

騎士の仲間がそう叫んだ。

すると他の仲間たちが、杯を掲げて雄叫《おたけ》びをあげる。

そこは大きな食堂で、十字軍に参加する騎士たちは、戦にいく前にいつもよりも豪華な食事をすることが許されていた。

肉や、酒、それに、女までも用意されていて——その日、仲間たちは大騒ぎだった。

神の名の下《もと》に、聖戦に向かうのだ。

異教徒どもを殺し、聖地を奪還するのだ。

これは正義の戦いだ。

輝かしい、勝利へと続く道だと、みんな信じて疑っていなかった。

その食堂の隅で、クローリーは静かに酒を飲んでいた。

すると声をかけられた。

「おいクローリー、なんでこんな端っこにいるんだ？　こっちにきて一緒に騒げよ」

そちらを見ると、自分と同じ上級騎士の、ヴィクターがいた。金色の髪に、緑色の瞳《ひとみ》。

クローリーとほぼ同じころにテンプル騎士団に入り、一緒に訓練した仲間だ。

ヴィクターは酒をぐいっと一気に飲んで杯を床に捨てると、さらに新しい杯をつかむ。

「向こうにはかわいい女の子もいっぱいいるぞ」

「女の子って、貞潔の誓いはいったいどうしたんだよ？」

「堅いこと言うなよ。そんなのは明日からでいいだろ？　そうじゃなくても戦場にいったら女なんかいないんだ。いま楽しんでおかないと絶対後悔するぞ」

「とかいって、君はいつも女と遊んでるじゃないか」

「なんで知ってんのよ」

「こないだ、貴族の女の子が君に捨てられたって泣いてたぞ」

「どの子だ？」

「もー」

「まあ、あれだよ。こそこそしないで女の子に触《さわ》れるなんて珍しいんだから、楽しもうぜ。おいみんなー、クローリーがくるぞー」

すると仲間の騎士たちがわーっと盛り上がる。

さらに食堂にきていた、きらびやかな服をきた少女たちが、きゃあきゃあうるさく騒ぐ。

それにヴィクターが半眼でこちらを見て、言う。

「おまえ相変わらずモテやがんな。この中の何人と寝てる?」

「誰とも寝てないよ。テンプル騎士は、貞節を守らないと」

「は、嘘《うそ》つくなよ。女どもみんな、おまえを見てうっとりしてたぞ」

「そんなこと言う君は何人と寝てるの?」

「四人」

「ちょっと」

「ははは」

と、ヴィクターは無邪気に笑う。彼は男にも女にもモテる男だった。いつも少し洒落《しゃれ》た格好をしているし、出自《しゅつじ》もロレーヌ家という、かなり高貴な家の出だ。

だが、彼が人気がある理由は、そんな家柄のせいじゃない。誰とでも明るく、楽しく付き合うからだ。

彼と一緒にテンプル騎士団に入ったせいか、騎士としての厳しい訓練を辛いと思ったことはなかった。いつもヴィクターがおもしろそうなことを見つけてきて、仲間たちを巻きこみ、毎日のように笑って過ごすことができたからだ。

そしてその日もそうだった。死ぬかもしれない戦地へ赴《おもむ》くというのに、とにかく楽しく盛り上がってしまって。

ヴィクターが言う。

「おいみんな聞いてくれ！　今日、俺たちの大切な仲間である、ユースフォード家のクローリーが、神に捧げていた童貞を捨てるぞおおおおお！」

「はぁ？」

と、クローリーがあきれた顔でヴィクターを見てから、抗弁しようとするが、もう遅かった。

仲間の騎士たちが、わあああと盛り上がってしまう。

「おいうそだろクローリー！」

「おまえ童貞だったのかよ！」

「ほんとはまだママのおっぱい飲んでるとか言わないよな？」

次々言われる中、ヴィクターが言う。

「さあ、クローリーの初めてを奪う女は誰だ！　先着順だぞー！」

というのに、

「私！」

「私がクローリー様に優しくしてあげる！」

などと女たちが声をあげ、さらにその中の一人が顔を真っ赤にして、

「ちょ、ちょ、ちょっと待ってよ！　童貞ってどういうことよ！　わ、私、前にクローリー様と……」

と、言いかけた女の唇を、ヴィクターが奪う。

「あ」

と、女が黙る。

女に、ヴィクターが言う。

「よし、じゃあ今夜は俺とだ。いいか？」

女がそれに、うなずく。

「じゃあ隅で飲んでろ。あとで迎えにいく」

そう言ってから、ヴィクターが振り返って、にやにやしながらこちらに言う。

「で、誰が誰とも寝てないって言ってたっけ？」

「ん〜」

「なにが貞節だこの野郎。一番美人な子じゃねぇか」

それについて、クローリーは肩をすくめるだけで答えなかった。

するとヴィクターは杯を掲げ、

「とにかく、この聖戦に、乾杯するぞ――――！」

と、言った。

するとまた、仲間たちが叫ぶ。

クローリーもそれに笑って杯を掲げる。

またどんちゃん騒ぎが始まる。

クローリーはその中心から少し離れ、再び静かに酒を飲み始める。

すると横で飲んでいた男が言った。

「まったく、ヴィクターやクローリーは、能天気でいいよなぁ」

やはり仲間の騎士のグスタボだった。クセのある茶色い髪に、灰色の瞳《ひとみ》。背が低く体格には恵まれていないのだが、彼の剣はとても速い。

「グスタボ先輩は、女を選ばないいんですか？」

「ここで貞潔の誓いを破ったせいで、戦場で死ぬのは嫌だね。なにせ」

「神はすべてを見てる、ですか？」

するとグスタボは騒ぐ仲間たちを見つめながらしばらく黙って、

「……さて、どうかな。見ててくれるといいんだが。ああ神様、今日こんな日もちゃんと真面目《まじめ》だった僕は救われますように。そしていっつも理不尽なほどモテるヴィクターやクローリーがさきにやられますように」

と、冗談めかしてグスタボは言った。

それにクローリーは笑う。

「グスタボ先輩なら大丈夫ですよ。あなたは強い。僕は一度も訓練で先輩に勝ったことないですし」

「はぁ？　おまえいつも手加減するじゃないか」

「え」

「バケモノみたいにおまえが強いのはみんな知ってるんだよ。隊長もおまえには飛び抜けて才能があるってずっと言ってる」

それは初耳だった。

「そうなんですか？　隊長、僕を褒《ほ》めてくれたことないですけど」

「裏じゃずっと褒めてるよ。まあそれをおまえに言ったってバレたら隊長にぶっ殺されるけどな。まあ、それはさておき、今後の訓練では……」

「手加減はやめろ、ですか？」

とクローリーが聞くと、グスタボは笑って、

「いや引き続き俺にだけは手加減しろ。他の先輩は全部やっつけていいぞ。気分いいから」

なんて言う。

クローリーは笑う。

するとそこで、食堂の入り口から声がする。

「た、隊長が！　アルフレッド隊長がこられます！」

瞬間、食堂の中が無音になった。騎士たち全員が直立不動になり、一言《ひとこと》も発さなくなって。

食堂の扉が開く。三十代半ばほどの、刀傷で右目が閉じてしまったままの男が入ってくる。残った左目の、眼光が異様に鋭い。その瞳《ひとみ》でじろりと直立不動の騎士たちを見つめ、言う。

「おい、おまえら、俺の分の女はちゃんと残ってるか？」

たぶん、おそらく、それはアルフレッド隊長なりの冗談だと思うのだが、それが冗談で

なければ半殺しではすまないので、誰も答えない。

緊張の五秒ほどがすぎて、ヴィクターが答えた。いつもこういうとき、先陣を切るのは彼だ。

「もっちろん、隊長のために一番の美人をご用意してあります！」

と、さっききスした女の手を引く。

「え、え」

と女が戸惑ったような声をあげるが、それにアルフレッドが、

「よし。いいだろう。なら今日はおまえらぶっ倒れるまで楽しめ」

と、隊長の許可が出る。

するとまた、仲間たちが大きく叫んで、酒盛りが始まる。

それをアルフレッドは楽しげに見てから、近くの酒を取る。それからクローリーのほうへと近づいてこようとする。

するとまた横にいたグスタボが、

「あ、やばい。おいクローリー」

「はい」

「俺がおまえに、隊長が褒《ほ》めてたこと……」

「言いませんよ」

「よし、じゃあ、俺も女選んでこようかな」

「えー」

と、クローリーが笑うと、グスタボはにやりと笑って酒盛りの中心へと移動していく。

入れ替わりに隊長が隣に立つ。

「盛り上がってるか？　クローリー」

「おかげさまで」

「はしゃぐならちゃんと今日、はしゃいでおけよ。戦場ではこうはいかない」

「わかってます」

「あともう一つ」

「なんでしょう？」

「今日の昼の訓練。おまえの剣、あれはなんだ？　あんな動きじゃ、戦場へいったら一番最初に死ぬぞ」

そう、説教されてしまった。本当に隊長は、自分のことを褒めていたのだろうか。

「すみませんでした」

「気を引き締めろ。この戦争で、俺は仲間を一人も死なせたくない」

「はい」

「だからおまえが誰よりも敵を殺し、仲間を守るんだ」

「はい。わかってます」

クローリーがうなずくと、アルフレッドは微笑《ほほえ》んで、彼の肩をぽんっとたたいた。そして他の騎士のもとへいく。

どうやら隊長は、一人一人へ言葉をかけるつもりのようだった。

クローリーはその、隊長の後ろ姿を見つめる。彼はこの騎士団に入ってからずっと、アルフレッド隊長に憧れていた。

部下たちに尊敬され、その尊敬に応えることができるだけの器が彼にはあった。

そもそも、剣を基礎から教えてくれたのも、隊長だった。騎士としてのあり方も、人生への接し方も、すべてを彼から学んだ。

そしていま、新しい命令を受けた。

「……誰よりも敵を殺し、仲間を守る、か」

彼は無意識に首に下げたロザリオに触れる。

まだ未熟な自分に、できるだろうか。

隣にまた、誰かがくる。そちらを見ると、自分より一つ下の、後輩騎士がいた。

ジルベール・シャルトルだ。

彼も、隊長に目をかけられている、非常に優秀な騎士だった。

勤勉で、努力家で、強い信仰心を持った男だ。訓練が終わったあとも、クローリーに何度も手合わせを頼み、鍛錬を怠らない。おそらく、女遊びばかりしているヴィクターよりも強いはずだ。

だがそれは、テンプル騎士たちの中でも相当の実力者ということになる。

ヴィクターはああ見えて強く、とても才能があるのだ。いやそれどころか、もしもまともに努力していたら、自分も勝てないかもしれない、と思えるようなきらめきが、彼の剣の中にあって、いつももったいないと思うのだが……

と、いまは剣ではなく、両手に女を抱えている同期の仲間を見てクローリーは苦笑する。

すると横から、ジルベールが言ってくる。

「隊長と、なにをお話しになっていたのですか？　クローリー様」

こんな酒盛りの場でも、ジルベールの口調は堅い。

そのジルベールを見て、クローリーは答える。

「もっと頑張れってさ」

「それは、ちょっと要約しすぎじゃないですか？」

「ははは」

クローリーは笑う。もう一口酒を飲む。

ジルベールも黙ってしばらく、やりすぎなほど盛り上がるヴィクターたちを見つめる。

それからぽつりと、小さく言った。

「……この戦、勝てますかね」

「さてね」

「ちょっと、ここは当然勝つに決まってると、言ってくれるのが先輩騎士の役目じゃないんですか？」

「そうなの？」

「そうですよ。なにせこれは、聖戦です。悪魔どもに奪われた土地を取り戻すんです」

「うん」

「だから絶対に勝てます」

「そうか。でも、そう強く信じてるなら、いちいち聞くなよ」

と、クローリーが言って横を見ると、ジルベールは少しだけ弱気な顔をしている。

「なんだよ。怖いのか？」

「怖くなんてありません！」

嘘《うそ》だ。

戦争が怖くない奴なんていない。だからこんなに、今日の酒盛りは盛り上がっているのだ。目の前に迫った出陣から目を反らすように。恐怖から目を反らすように、酒を飲み、肉を食べ、女を抱くのだ。だが心の中心にはいつだって、恐怖がある。

戦争への恐怖。

仲間を失うことへの恐怖。

死への恐怖。

クローリーはジルベールから目を離し、再び、必死に恐怖から逃げて、今夜を楽しもうとしている仲間たちのほうへと目を向ける。

そして言う。

「グスタボがさっき言ってたんだけど」

「はい」

「いまも神様は見てるんだってさ。で、日頃の行《おこな》いがいい奴が、生き残る」

「なるほど。でもじゃあ、グスタボ先輩とヴィクター先輩は死にますね」

「ははは、どうかなぁ」

そのときグスタボは、その身の小ささを生かして、素早く女のスカートの中に頭を突っこんでいるところだった。

確かにあれを神様に見られたら、死ぬかもしれない。

だが、普段のグスタボはとてもいい先輩だった。決して偉ぶらず、仲間のために行動するような男だった。クローリー自身、まだ新人のころ、グスタボに何度も命を救われたことがあった。

もしも生死に日頃の行いが影響するのだとすれば、グスタボは生き残るはずだと、クローリーは思う。もしもそうじゃないとすれば、神様はいったい、なにを見ているのだろうと、疑ってしまいそうだ。

クローリーはしばらく、ヴィクターとグスタボが女の子たち相手に嬉《うれ》しそうに笑うのを見つめてから、その場を離れることにする。

「どこへ？」

と、ジルベールが聞いてくる。

それに答える。

「少し酔った。外の空気を吸ってくる」

そう言って、食堂を出た。

出たところでも酒盛りが行われていた。平民出身の騎士たちが、酒と肉を許されていた。

女が許されているのは上級騎士たちだけのようだった。

「クローリー様！」

と、彼に仕える従騎士が数人こちらに近づいてこようとするが、手で制す。

「こなくていい。好きに騒げ」

「ありがとうございます、クローリー様！」

まだ年端《としは》のいかない少年も多い。十五、六歳くらいの、少年たち。

みな今回の十字軍で手柄を立て、名を上げようと夢を見ていた。出自《しゅつじ》はどうあれ、みないい子たちばかりだった。

それを見つめ、

「仲間を守る。仲間を守る、ね」

再び隊長に命じられた言葉を、クローリーは何度か独り、呟《つぶや》いてみる。

するとそこで、背後の食堂の扉が開いた。

「うぇ～、きもちわる」

酒臭い息を吐く、ヴィクターが胸を押さえて出てくる。どうやら彼も、外の空気を吸いに出てきたようだった。

すると彼の従騎士が駆け寄ってくる。

「ヴィクター様！」

「大丈夫でしょうか、ヴィクター様！」

それに手を上げて、ヴィクターは言う。

「ああ、だめ。大丈夫じゃない。水持ってきて」

「はい！」

と、従騎士たちが駆け出す。

しゃがみこんでしまうヴィクターを、クローリーは支えてやり、言う。

「吐く？」

「ううう……うん」

「仕方ないなぁ」

と、食堂から少し離れたところへ連れていってやる。再びヴィクターはしゃがみこみ、吐き始める。その背中をさすってやる。

「うう、苦しい」

「酒弱いのに無茶するからだよ」

「盛り上がってるからさぁ」

「別に君が盛り上げなきゃいけないわけじゃないよ」

「いやいや俺がやらなきゃ、誰が……おえええええ」

また、胃の中身を吐き出す。

そこで従騎士たちが水を持ってくるので受け取り、酒盛りを続けていいよと伝える。それでも主《あるじ》の窮地に留まりたいと言ったが、酒を飲みすぎて吐いているなんていうみっともない姿を、従騎士たちにあまり見せるわけにもいかないから、酒盛りに戻らせる。

横でうえうえうめいているヴィクターが言う。

「……クローリー」

「ん～？」

「水ちょうだい」

「はいどうぞ」

と、水を渡す。ヴィクターはぜえぜえ言いながら飲む。

それで少し落ち着いたようだった。

「はぁ、よし、大丈夫になってきた」

クローリーは、吐瀉物《としゃぶつ》を避けて、少し離れた場所へヴィクターを引っ張っていき、座らせる。

その横に、クローリーも座る。

「まったくもう」

「ああ、苦しかった〜」

「だろうねぇ」

「助かったよ、クローリー。今回ばかりは命の恩人だ」

「大げさだな。君、いっつも吐くじゃゃん。そのたびに介抱してる気がするよ」

「じゃあ、あれだな。今回ばかりも命の恩人だ」

「はいはい」

まだ食堂の中でも、外でも、酒宴は続いていた。いたるところで笑い声が聞こえている。

数日後には、戦地に赴《おもむ》くことになるとは、とても思えないような楽しげな様子だった。

それをぼんやり眺めていると、ヴィクターもふぅっと顔をあげた。同じように従騎士たちの酒宴を見る。

「盛り上がってるなぁ」

「食堂に戻る？」

「無理」

「でも戻らないと、かわいい女の子みんな取られちゃうぞ。こそこそしないで女の子に触れるのは珍しいんだろ？」

と、言うと、ヴィクターは顔をしかめて言った。

「ああ〜、そうなんだけど、たぶん、だめだ。飲みすぎて立たないかも」

「ははは」

クローリーはそれに笑った。ヴィクターと一緒にいると、本当に話題に事欠かない。だからみんな、彼と一緒にいたがるのだ。

そのヴィクターが横で二、三回深呼吸をし、それから、ちょっとだけ真剣な表情になって、言ってきた。

「なあ、クローリー」

「ん？」

「おまえは今回の十字軍のこと、どう思う？」

「どうとは？」

「異国の、異教徒たちがいる場所へ突っこんでいって、戦争するんだ」

「うん」

「怖くないか？」

その問いに、クローリーは素直に答える。

「怖いよ。ヴィクターは？」

「おしっこちびりそう」

と、真剣な表情のまま言ってくるので、クローリーはまた、笑ってしまう。

「立たないのに？」

「立つ立たないは関係ないだろ〜」

「ははは」

笑ってから、クローリーは言った。

「勝って帰ればいい」

「まあ、そりゃそうだけどさぁ〜。でも、俺は、生き残れるかな？」

「……どうかな。まあでも、戦場で死んだテンプル騎士は、天国へいけるって聞いてるけどね」

するとヴィクターは空を見上げて言う。

「いや〜、天国にかわいい女の子がいりゃいいけどさぁ」

「はは」

その、ヴィクターが見上げる空を、クローリーも見上げる。星はあまり出ていなかった。

明日は雨になるかもしれない。

「なぁ、クローリー」

「んー？」

「俺がやばかったら、助けてくれよな」

「ああ、いいよ。さっき隊長にもそう命じられたしね」

「なんて？」

「敵を殺せ。仲間を守れってさ」

「シンプルな命令だなぁ」

と、ヴィクターは笑った。するとそこで、食堂からその、アルフレッド隊長が出てきた。

吐瀉物《としゃぶつ》の横で並んで座っているクローリーとヴィクターを見下ろす。

それにクローリーは慌てて立ち上がろうとするが、隊長はそれを制す。

「いい。座ってろ」

「はい」

「あと、ヴィクター」

「あ、はい」

ヴィクターが、青白い顔で隊長のほうを見上げる。

おそらく、隊長は食堂で、全上級騎士たちに声をかけ終えたのだろう。たぶんヴィクターへの命令で、終わりだ。

「なんでしょうか？」

ヴィクターが聞くと、隊長は言う。

「もうすぐ戦場へいく」

「はい」

「なのにそのざまはなんだ」

「すみません」

「おまえの取り柄は明るさだ。おまえがいれば士気があがる。馬鹿みたいに青白い顔をしてないで、戦場では明るく、仲間たちを鼓舞《こぶ》しろ。わかったか？」

それは、あきらかに褒《ほ》め言葉だった。剣の訓練はいつもさぼり気味のヴィクターの長所と価値を、隊長はきちんと見抜いている。

ヴィクターはそれに、少し感動したような様子で立ち上がり、

「わ、わたくしが役に立てるのであれ……」

が、威勢がいいのはそこまでだった。そのまま目の前に再び胃の中のものを、おええええと吐きだしてしまって。

隊長は、笑った。

「馬鹿が」

「す、すみません。ですが、明日からは頑張ります」

「よし」

「ところで隊長」

「ん？」

「女は連れていかないんですか？」

という言葉に、隊長は肩をすくめて言った。

「ああ、俺には入団前から一緒にいる妻がいるからな。今日は妻を抱くよ」

それにヴィクターは驚いた顔になる。

「へぇ、奥様ですか」

クローリーも、知らなかった。たしかにテンプル騎士は女と交際することは禁じられているが、入団前から妻がいる場合は、許されていた。

「じゃあ今日は熱い別れの夜になりますね」

「吐《ぬ》かせ」

と、隊長は笑った。そのままこちらに背を向けて、歩き去っていく。

その背中をじっと見つめて、ヴィクターが言った。

「クローリー」

「うん」

「俺、やっぱ頑張るわ」

「やる気出てきちゃった？」

と聞くと、ヴィクターはうなずく。

「ああ。隊長が手ぶらで帰ったってことは、あのかわい子ちゃん空いたってことだもんな！　食堂に戻る！」

「ってそっち頑張るのかよ」

と、クローリーは笑う。食堂に戻ろうとするヴィクターの足取りはふらふらで、とても女の相手をできるとは思えないが。

それでも二人で食堂に戻った。

みんなさっきよりもさらに酔っており、陽気だった。

ジルベールまで顔を真っ赤にして、

「も～、どこへいってたんですか二人とも～！」

などと言ってきて、みなでまた、酒を飲んだ。

その日はとても楽しい日で、それはいまでもはっきり覚えている。

◆

とそこで、フェリド・バートリーが聞いてきた。

「で、結局君はその日、女の子と寝たの？」

「気になるとこはそこ？」

クローリーが言うと、フェリドは杯を傾け、赤ワインを飲む。

「たしか、今回の十字軍は最初のうちは勝ってたと聞いた。敵の本拠地ダミエッタを陥落《かんらく》させたあと、何度も向こうから和睦《わぼく》の提案があったはずだよね」

「うん」

「勝って帰るタイミングは何度もあった。実際に、各国の王たちは何人も帰ってる。でも、君たちは戦場に残った？」

「ああ、そうだね。運が悪かったよ」

各国の王ではなく、この十字軍は教皇特使《きょうこうとくし》の主導によって行われたものだった。

そして教皇特使は、異教徒との和睦を決して認めなかった。

教皇特使ペラギウスは、理想が高く、そして欲深い男だった。

だからこんなことを言い出してしまった。

『聖地《せいち》はキリスト教徒の血によってのみ、取り戻されるべきなのだ』

そして何度も勝利するタイミングはあったのに、まだもっと手に入ると、執拗《しつよう》にカイロを目指し続けた。

あげく、最後には負けてしまう。それはあまりにひどい負け方だった。永遠に勝ち続けられる戦など、あるわけがないのに。

多くの兵士たちがそのせいで、無駄死《むだじ》にさせられた。

フェリドが言った。

「で、さっきの酒盛りの話に出てきた、何人がいまの君のように信仰心を失ったのかな?」

「…………」

クローリーは、答えなかった。

だがフェリドは気にせず続けた。

「ジルベールっていうのは、生き残ってるよね。あの、殺害現場にきた子だろう? 君に戻ってほしがっている」

「ああ」

「それで、他の仲間たちは？　いったい、何人生き残った？」

その問いに、また思い出す。

それは最後の戦いの話だ。

敵の本拠地を手に入れ、王と教皇特使がその地の利権を取り合ったあげく、さらなる成果を求めるために始まった戦い。

足りない。

まだ足りない。

聖地だ。

聖地を取り戻すのだ！

もしかしたらその際限のない欲望が、神の怒りに触れたのかもしれない。前衛部隊にペストが流行《はや》って、何人も仲間たちが病死した。テンプル騎士たちのすべてをとりまとめる総長、ギヨーム・シャルトルまでが、病死してしまった。

にもかかわらず、戦いは終わらない。

進め。

進め。

とにかく進め。

おまえたちの血が流れてこそ、聖地は取り戻されるのだから！

そう命じられ、クローリーたちは必死に戦い続けた。


その記憶を、彼は思い出す。

◆◆◆

鼓動《こどう》が聞こえる。

早鐘《はやがね》のように鳴り響く、自分の心臓の音。

聞こえるのはそれだけ。

戦場。

そこは、本当にひどい場所だった。

ただ、無駄に仲間ばかりが死んでいく。自分たちは神の加護を受け、正義の軍勢として
この地にきたはずなのに。何度も何度も勝利して、もう、戦争は終わっていいはずなのに、

なぜ、こんなことになってしまったのか。

目の前にいる敵は強く、いまや地の利や、運、すべてが敵の味方だった。

「神よ」

クローリーは呟《つぶや》く。

「神よ、見放さないでくれ」

それでも十字軍の仲間たちは、必死に戦っていた。

正義のために。

大義のために。

神の名の下《もと》に。

褐色の肌をした異教徒が、

「うおわぁあああああああ！」

と、絶叫をあげながら襲いかかってくる。その首を、クローリーは剣で刎《は》ねる。

「くそが、死ねっ！」

首が宙を舞う。

血しぶきが舞う。

それを浴びる。

だがもう気にならない。

すでに全身が真っ赤だった。

味方の血と、敵の血と、肉と、臓物で、彼の体は汚れきっていた。

斬り殺した敵の数は、もうわからない。殺して殺して殺して、その数で騎士としての自分の評価が決まるはずなのだが、もうずっと前に、数えるのは止めてしまった。

そんな余裕はなかった。生き残るのに必死で。仲間を守るのに必死で。

ただ、ここにくる前に隊長が言った言葉だけが頭の中を巡る。

敵をたくさん殺せ。

そして仲間を守れ。

その命令を、彼は守り続ける。

もうなんのために戦っているのかはわからなくなってしまっているから、ただ殺すのだ。

ただ、殺す。

敵を。

襲ってくるものを。

間違った思想におかされた、異教徒どもを、殺す。殺す。殺す。

剣で胸を貫き、横にいた男の顔面《がんめん》に蹴《け》りをいれながら、剣を引き抜く。

槍《やり》を奪って、その男の顔面を剣の柄《つか》で殴って潰《つぶ》す。その槍を投げる。槍は矢をつがえようとしていた男の首に刺さる。

とにかく殺せ。

異教徒を殺せ。

殺される前に、殺せっ！

「はぁ……はぁ……くそ、まだか、まだ敵は撤退しないか……」

心臓が爆発しそうだ。

息が止まりそうだ。

だが、それでも目の前の敵を殺しながら、彼は言う。

「生きてるぞ。僕はまだ、ここで生きている！」

戦場で、まるで祈るかのように、彼は呟《つぶや》いた。左手が無意識に首から下がったロザリオへと伸びる。心が助けを求めているのだ。

神に。

どうかこの理不尽な場所から救い出してくださいと、神に向かって心が叫んでいる。

だが助けはこない。

神の導きは感じられない。

また、敵が襲いかかってくる。

その剣を払う。剣を翻《ひるがえ》して、肩から胸へとたたきこみ、そのまま心臓をえぐりだしたところで、正面の敵をすべて殺してしまって、敵がいなくなった。

何人かが、少し離れた場所で、血まみれのクローリーを怯《おび》えるような顔で見つめている。

その異教徒たちの群れをクローリーはにらみつける。

「なんだ。なぜこない」

「………………」

異教徒たちはこちらを指さして、異国の言葉で口々になにかを言っている。

「なんだ。なにを話している」

そして一人が、クローリーに向かって、こう叫んだ。

「シャイターン」

と。その言葉の意味を、クローリーは知っていた。異教徒たちの言葉で、『悪魔』という意味だ。

神の命を受けてここまできたはずなのに、なんと悪魔と呼ばれてしまった。

だが、別にそれでもいい。この戦いを、終わらせることができるなら。

クローリーはそれに、怒鳴りつけた。

「そうだ。悪魔だ！　神がおまえら異教徒どもを殺すために遣わせた、バケモノだ！　もしも死にたくないのなら、立ちされ！　すぐに地獄《じごく》の業火《ごうか》に焼かれたいものは、私の前へ出てこい！」

その怒号で、少しは敵の士気が落ちてくれればいいと思った。もしくは、怯《おび》えて撤退してくれれば。

「…………」

だが、そううまくはいかないようだった。当然だ。敵のほうが、いまは圧倒的に数が多い。数人の男たちが相談しあい、集団を作ってクローリーへと攻撃を仕掛けてこようとしている。

「くそ」

と、言った横で、ひゅんっという風を切るような音がした。

矢が放たれた音だ。

「ちっ」

そちらを向く。だがもう遅い。よけられない。右手をあげ、首と心臓を隠す。すると矢が、彼の腕に突き刺さろうとして、

「ぼけっとするな、クローリー！」

ヴィクターが後ろから、その矢を剣で打ち落としてくれる。

その矢を放った敵兵に、グスタボと何人かの従騎士たちが襲いかかって殺す。

クローリーは自分を助けてくれたヴィクターのほうを見る。彼ももう、血まみれで、ひどい姿だった。

「馬鹿が。おまえがさきに死んだら、誰が俺を守る？」

と言われ、クローリーはうなずく。

「ああ、ごめん。君が生きててくれて、よかった」

「だがすぐ死ぬだろこれ。テンプル騎士団に撤退は許されてない。勝って帰るか、死んで帰るか……ああくそ、やっぱくる前に女抱いときゃよかったなぁ」

などと、こんな状況でさえ、ヴィクターは軽口をたたいてくれる。

それにクローリーは笑おうとするが、頰《ほお》が固まってしまって動かなかった。

目の前には、自分たちの数倍の敵がいた。なにか奇跡でも起きない限りはおそらく、ここで死ぬだろう。

だがその死の意味がなにかは、わからない。この戦はもう勝てそうになかった。聖地は取り戻せない。仲間が無駄に死んだだけの、やるべきではない戦だった。

教皇特使《きょうこうとくし》はいま、決死の突撃をどこかでしているということだが、それもおそらくは成功しないだろう。あの教皇特使には、戦がどういうものかまるで見えていないと、もっぱらの評判だ。

つまり自分たちは、ここで無駄死《むだじ》にする。

「……死ぬ。ここで、死ぬのか」

と、呟《つぶや》くと、ヴィクターが笑う。

「言うなって」

「もう少し、名誉ある死がよかったな」

「じゃあ最後は俺を守って死ねよ」

などと言ってきて、クローリーはヴィクターを見る。

「それは名誉あるね」

「だろ？　で、俺は逃げるから」

「戦場で逃げたら罪に問われるよ」

「あれ、たしか敵が三倍だったら逃げていいんじゃなかったっけ？」

そういえば、そんな決め事もあったような気がする。だが、

「逃がしてくれるかな？」

「無理だろうな。俺たちも殺しすぎてる」

それにクローリーは、やっと笑って、言う。

「さっき悪魔と呼ばれたよ」

「はは、おまえが一番殺してるからな」

とそこで、背後からグスタボが叫んだ。

「一度引け、集まって、一塊《ひとかたま》りになろう！」

振り返って、うなずく。襲いかかってくる何人かを斬り捨てながら少し下がる。

するとさらに仲間の声がした。

「み、みんな、隊長が負傷した！」

「なっ」

声のほうを見る。するとアルフレッド隊長が、胸をざっくり斬《き》り裂《さ》かれていた。何人かの上級騎士がその隊長を支え、必死に後ろに下がっている。

ヴィクターが言う。

「おい、隊長を守りにいこう」

だがクローリーはもう一度隊長のほうを見つめてから、首を振る。

「いや、僕はいかない」

「なんで！」

「隊長に言われたんだ。一人でもたくさん敵を殺して、仲間を守れと。いま隊長のところへいったら、叱られる。それは名誉ある死じゃない」

「馬鹿が、名誉なんてもうねぇよ！　ここのどこに、名誉がある！」

「でも、どうせ僕らはここで死ぬ」

「……ぐ」

「たとえもう名誉がないとしても、天国にいったあと、僕は隊長に褒《ほ》められたい」

ヴィクターの顔が、泣きそうに歪んだ。

「くそ、じゃあ、俺もおまえと残る」

「君はいけ」

「おまえをおいていけるかよ。死ぬならここで一緒だ！」

そう言って、ヴィクターは剣を構えた。

その、同期の仲間の顔を見つめてから、クローリーも剣の柄《つか》をぎゅっと握りしめる。その背後に数人の従騎士たちや、他の十字軍に参加した平民出の兵士たちが、並ぶ。

ヴィクターが言う。

「クローリー。指揮をとってくれ」

だが、とれるような作戦はもうなかった。これはもう、完全なる敗北なのだ。出来ることといえば、真っ向から突撃し、一人でも多く敵を殺す。それしかなかった。

だからクローリーは剣を掲げて、言った。

「みんなの命を、僕にくれ！　突撃する！　総員――」

突撃！　そう、言おうとしたところで、しかし、後方から騎馬が駆けてくる音がした。

「クローリー様！　ヴィクター様！」

ジルベールの声だ。馬が二人の前に割りこんでくる。

「援軍を連れてきました！」

それをクローリーは見上げる。それから背後を見る。すると十数匹の騎馬に乗った騎士たちの姿があった。

だが、そんな数の騎馬隊がきたところで、この戦況は覆らない。

だが、ジルベールが異国の言葉でなにかを叫んだ。

なにを言ったのかは、わからない。しかしそれで、敵の動きが止まった。慌てたような様子で、一気に話し始める。

ヴィクターが言う。

「おいジルベール。いまなんて言った？」

「数千の援軍がいまここに向かっていると」

「で、くるのか？」

「きません！」

「ああ!?」

「ですがブラフが効いているうちに一度引きましょう。敵の数は三倍以上いる。引いても咎《とが》められません」

　クローリーはそれに言った。

「ばれたらすぐに追われる」

「それでもいまは……」

「どうせ死ぬなら、敵に背を向けたくない」

　だがそれに、ジルベールは少し悔しそうな顔で、言った。

「……状況が変わりました。私も噂《うわさ》を聞いただけで確かなことはわからないのですが……」

「なんだ？」

　ヴィクターが聞くと、ジルベールが答えた。

「おそらくもうすぐ戦争が終わります」

「はぁ？　どういうことだ」

「教皇特使様が……捕らえられたそうです」

「なっ、嘘《うそ》だろ」

ヴィクターは驚いたように、言った。

だが、その可能性は十分考えられた。教皇特使は追い詰められ、ひどく無茶な作戦を立案していた。敵にその作戦の粗《あら》を突かれるのは、時間の問題だった。

だが、この戦争を主導していたのは、教皇特使ペラギウスだった。各国の王たちはもう、この戦争に興味を失っていた。

なら、その教皇特使が捕らえられたら、どうなる？

完全敗北まで、ありえた。これは本当に、一度引いて態勢を立て直す必要があった。

ジルベールが聞いてくる。

「隊長はどこですか？」

それに、クローリーは顔をしかめて、言う。

「負傷された」

「そんな」

「後方へ下がっている」

「ちょっと、いってきます！」

と、馬を翻《ひるがえ》そうとするジルベールを、引き留める。

「待てジルベール。ブラフは完成させてからいけ」

「あ……」

いま、慌てて後方へ下がったら、援軍がくるという情報が嘘だとわかってしまう。悠々と、ゆっくりと引く必要があった。

ジルベールは馬を止めた。そのまま、ゆっくりと敵とにらみあいながら、下がる。

どれくらい時間が稼げるだろうか。

数時間か。

一晩か。

とにかくいまは、引くのだ。自分たちがなにをすべきかを、再び見つけるために。

敵がこちらに背を向けて、一斉に引き始めた。

それを確認してから、クローリーも下がる。

下がってみると、味方の被害は大変なことになっていた。

地面に、まだ若い、従騎士たちの腕や首、胴体が転がっている。自分に付き従っていたものだけでも十人はいたはずだが、いま、いるのは……

「クローリー様」

従騎士のロッソが、泣きながら近づいてきた。茶色い髪に、そばかすがある色白の少年だった。

その、ロッソに聞く。

「生き残ったのはおまえだけか？」

「……はい」

「よく生き残った」

「……はい」

涙でぼろぼろの少年の肩を、ぱんぱんっとたたく。

「うう、僕が、もっと強ければ……」

「おまえは悪くない」

「ですが」

「おまえは悪くない！　悔しかったら、もっと強くなれ」

「はい！」

そう、クローリーは言ってはみたが、この場を生き残れるとはもう、思っていなかった。

少し下がると、アルフレッド隊長が上級騎士たちに囲まれて横たわっていた。何人かの騎士たちは、泣いていた。

クローリーとヴィクターがきたのに気づいて、隊長についていたグスタボがこちらに近づいてくる。

その、グスタボに聞いた。

「隊長の様子は？」

グスタボはひどく疲れた顔で、首を振った。

「傷がひどい。たぶん……」

それ以上は、言わなかった。

死ぬ、ということだ。あれほど強く、聡明だった隊長が、こんな戦争で死ぬ。この無意味な、やる必要のなかった戦争で。

「くそ……」

クローリーはうめくように言って、首から下げたロザリオに手を伸ばす。神に祈ってもまるで助けてくれないのに、それでも神にすがる自分がいるのを感じる。

グスタボが続けた。

「クローリー」

「はい」

「隊長がおまえを呼んでる」

「僕を？　なぜでしょう？」

だがそれに、ヴィクターがクローリーの背中を押して、言ってくる。

「おまえは隊長のお気に入りだ。言いたいことがあるんだろ」

ヴィクターのほうを見る。それからうなずいて、前へと進む。

隊長についていた上級騎士たちが、こちらを見て、隊長から離れていく。

すると地面に横たわる隊長の様子が見える。傷はひどかった。胸を斜めにざっくり斬られ、手の施しようのない状態だった。

なのに隊長はこちらを見て、微笑《ほほえ》んだ。

「きたか、クローリー」

「はい」

「大きな声を出すのが、疲れる。近くにこい」

「はい」

命じられて、隊長のそばに寄る。すると隊長にぎゅっと、腕をつかまれて、引き寄せられる。その力がまだ強くて、少しだけほっとする。

隊長が言う。

「こんな姿を見せて、すまないな」

「いえ」

「そんな顔をするな。おまえはよくやってる」

「……いえ、全然、だめです。隊長の命令を守れませんでした」

「命令？　俺はなんと言った」

「……敵をたくさん殺し、仲間を守れ、と。ですが仲間を大勢死なせました」

「馬鹿が。それは俺の責任だ。この部隊の隊長は俺だぞ」

「…………」

「おまえはよくやってくれてる。おまえがいなければ、もう、何度も全滅していた。他の騎士や、兵士たちが、おまえをなんと呼んでるか知ってるか？」

クローリーは首を振った。敵はシャイターンと呼んでいたが。

隊長が、言った。

「英雄だ。おまえは英雄と呼ばれてる。一番最前線で、誰よりも殺し、誰よりも守ったからだ。ここにいる騎士たちはみな、おまえに命を救われた」

「ですが……」

「黙れ。おまえの意見は聞いていない」

「…………」

「俺はおまえのことを誇りに思っている。俺が育てた騎士の中で、もっとも優秀だ。おまえを残せてよかった」

と、隊長が言った。隊長が自分を褒《ほ》めているという、グスタボの言っていたことは本当だった。

クローリーはそれに、隊長の腕をぎゅっとつかみ、

「……そんな、褒めないでください。また、戻って厳しくあなたに鍛えてほしい」

だが隊長はそれに、困ったような顔でこちらを見る。

「まだ私は、隊長がいなければやっていけません」

すると、隊長がこちらに手を伸ばす。頭にそっと触れ、

「馬鹿が、もう、おまえは英雄とまで呼ばれてるんだぞ。そんな男が、泣くな」

「……ですが」

だがそこで、隊長は血を吐いた。ひどい色の血だった。黒く、量も多い。隊長の体が急速に弱っていくのを感じた。

死ぬ。隊長は、死ぬのだ。

だが、隊長は続けた。

「クローリー、おまえに、最後の命令をやる」

隊長がそう言ってくれているのに、声が、出なかった。返事をすることができなかった。

涙が溢《あふ》れ出してしまって、そのまま声を出したら、弱く震えた声が出てしまいそうで。

　隊長が言った。

「命令だ。ここでおまえは、絶対に死ぬな」

「…………」

「おまえには未来がある。いつも冷静で、剣の才能も、人望もある。おまえはいずれ、この騎士団を背負って立つ人間だ。だから、こんなところで死ぬな」

　と、そう言った。

　クローリーは聞いた。

「……ですが、私は戦場での死こそ騎士の誉れと教わりました」

「仲間を守ることも、騎士の誉れだ」

「…………」

「それにこれはもう、戦じゃない。自殺だ。俺の部下をこれ以上、こんな理不尽で殺させたりはしない」

　と、そう言った。そのままぐっとクローリーの肩をつかんで、隊長が言う。

「だからクローリー。頼む。仲間たちを……あいつらを生きて……国に……」

　だが、最後まで言葉を言い切る前にその腕の力が抜けた。ぐったりと手が地面に落ちる。

結局、隊長が国に戻ることは、なかった。

その、隊長の死体を腕に抱え、クローリーは見下ろす。

必死に歯を食いしばっているのに、涙が止まらない。嗚咽《おえつ》を我慢するので精一杯だ。

「…………」

隊長には十七から剣の手ほどきを受けたのだ。

騎士としてのすべてを、この人から学んだ。

その隊長が、死んだ。師が死んだ。それもなんの意味もない戦場で。

こんなこと……こんなことが、許されるはずがない。

もしも神がこれを見ているのだとすれば。日頃の行いというものを見ているのだとすれば、隊長は死ぬべき人ではないことはあきらかだった。なら、自分は、自分たちは、なんのために戦っているのか。神が見ていない場所で、いったい、なんのために——

肩にそっと、誰かが触れる。

ヴィクターだった。彼も、悲しげな、泣くのをこらえるような顔をしていた。

「……隊長が……」

クローリーは、それに、言った。

「ああ」

「隊長が、死んだ」

「ああ、わかってる」

「僕は、どうしたらいい」

するとヴィクターが、言った。

「いつも通りに。隊長はいつも通りのおまえを信じてるはずだ」

そう、言った。

いつも通りの、自分。彼は、自分の首に下がっている、ロザリオに触れる。

神に助けを乞うように。まるで振り向いてくれない、神に祈るように。

それでも、しばらく彼は、その場で動けなかった。しかしずっとここでこうしているわけにもいかないことも、わかっている。だから少しだけ。ほんの少しだけ。死んでしまった隊長が、怒り出さないくらいの少しの間だけ、そこで悲しみを受け入れる。

一秒。

二秒。

三秒。

それで、クローリーは再び顔を上げた。涙で濡れた目を、腕で拭う。隊長の首にあったロザリオを引き千切り、懐《ふところ》に入れる。それから隊長を地面に横たえ、立ち上がる。

するとやはり背後にいた、ジルベールが言ってくる。

「クローリー様。いかがいたしましょうか」

それに振り返る。

すると騎士の仲間たちが何人も、そこには揃《そろ》っていた。さらにその背後には、一般兵たちもいる。

だが、もう数は少ない。さっきの混戦で散り散りになってしまって、どれほどの仲間を失ってしまっているか、わからなかった。

だがそれでも、そこには七十人ほどが生き残っていた。

ジルベールが。ヴィクターが。グスタボが。従騎士のロッソが。ほかの上級騎士たちや、付き従う一般兵が、こちらを見ていた。

隊長と、クローリーの話を、聞いていたのだ。

それらを見つめ、彼は、

「……仲間を生きて、国に帰す……」

小さくそう呟《つぶや》いてみる。

その言葉に、恐怖を感じる。ここは敵陣のど真ん中なのだ。そして援軍はもうこない。はっきり言ってそれは、不可能な命令だった。

だが、為《な》さねばならない。

「…………」

するとそこで、ヴィクターが言う。

「大丈夫だ。俺も手伝う」

グスタボも言った。

「俺もやってやるよ。後輩に命令されるのは癪《しゃく》だが、隊長の命令だ」

他の上級騎士たちも、それに異存はないようだった。

そして、ジルベールが言った。

「クローリー様。ご命令を」

それにクローリーはうなずいて、言った。

「総員、撤退だ！　我らは再びこの地に戻ってくるために、撤退する！　いいか！　これからさきは、誰も死ぬことを許さない！　お互いを守り合って、必ず国へ帰る！　そして再び力を付けて、聖地を奪還するんだ！」

そう怒鳴ると、騎士たちは雄叫びをあげた。

◆

それから数日の出来事は、もう、よく覚えていない。

ただ、昼も夜もなく歩き続けた。

敵に殺されないように。なんとか逃げ切れるように。

その間、何度も襲撃を受け、そのたびに仲間を失った。だがそれでも、あきらめるわけにはいかなかった。

生きて戻るのだ。

全員を、生きて、国に帰らせるのだ。

それが隊長の、最後の命令なのだから。

「ああ～、クローリー、最近寝るときに、女の夢ばっかみるんだけど、どうしたらいい？」

ヴィクターが歩きながら、そんなことを言った。

それにクローリーは答えた。

「あまり喋《しゃべ》るな。体力を失うぞ」

だがヴィクターは聞かない。

「でも辛気《しんき》くさい顔してだらだら歩いてても、疲れちゃうだろ」

などというヴィクターに、彼は笑う。

「もう、とっくに疲れてるよ」

「だからこそ、女の話だよ」

「女より水が飲みたいよ、僕は」

「まあ、それは俺もだけどさ～。水の話したら、喉《のど》かわいちゃうだろ?」

そうヴィクターは言う。ひどく疲れた顔をしている。水も食料も切れてしまっていた。

体に力が入らない。次に襲われたらもう、殺されてしまうかもしれない。

だが、それでも、

「ダミエッタまでいけば、水は飲めるはずだ」

と、クローリーは言った。

ダミエッタというのは、この十字軍で最初にあげた、最高の戦果だった。

敵の本拠地の一つ。

それを自分たちは陥落させた。

それで、十分のはずだった。敵は和睦《わぼく》を申し入れてきた。諸国の王たちはそれを受け入れるべきだと言った。もう、十分だと。

なのにいまのこれは、いったいなんなのか。

「………」

考えても仕方がない。

とにかく、ダミエッタに戻れば、味方が大勢いるはずだ。水も飲める。そして。

「もうすぐだ」

と、クローリーが言うと、背後でグスタボが言った。

「おいクローリー」

「はい？」

「ヴィクターの話の邪魔するなよ」

「へ？　なんのことですか？」

「女の話。聞かせろ。そんな話でも聞いてないと、腹が減って歩けなくなりそうだ」

なんて言ってきて。

それにヴィクターが、ほらな、という顔をする。他の上級騎士の仲間たちも、そうだぞうだとうなずいて。

「あなたたち、貞潔の誓いって知ってます？」

とクローリーがあきれた顔で振り返ると、やはり疲れ切った顔のグスタボが答えた。

「抱いてから考えるよ」

「まったく」

「じゃあヴィクター。やれ」

それにヴィクターがうなずいて、話し始める。

「いやー、これは去年の夏の夜の話なんですけど。クラウディアっていう女がいて、これが話好きな女でね。で、その女が、前に騎士と付き合ったことがあるって話をしだして」

それにグスタボが聞く。

「ほう。そりゃまさか、テンプル騎士か？」

「ええ。そうか？　って聞いたらそうだって言いまして。おまけにそいつは、女の前では赤ちゃんみたいな声で喋《しゃべ》って、女にひっぱたかれるのが好きな変態らしくて」

「おいまじかよ！　それで、その騎士の名前聞いたのか？」

「うーん、それが、クローリー・なんちゃらっていうところまでは聞いたんですがー」

なんて話をしだした。

完全に、作り話だ。

だが、騎士たちはそれに笑った。大きな声では笑えない。もうみんな、そんな力は残っていなかった。

グスタボが聞いてくる。

「おい、ほんとかよクローリー」

それにクローリーは疲れた笑みを浮かべて、

「ああ、あのクラウディアね。ヴィクターのことよく話してましたよ。なんでもヴィクターは女じゃ立たないって」

「おい！」

と、ヴィクターが肩をたたいてくる。

それでまた、みんなで笑う。

笑いが、出始めている。ダミエッタが近いせいだ。撤退を決めたときに七十人いた仲間は、いまや四十五人まで減ってしまっていた。

だがそれでも、四十五人が生きて戻れる。

隊長はこれを、褒《ほ》めてくれるだろうか。

「見えたぞー！」

兵士の一人が叫んだ。クローリーはそれに、顔をあげる。

するとついに遠くに、城壁が見え始めた。ダミエッタの街には、城壁があるのだ。あの城壁を破るのに、ずいぶんと苦労した覚えがあるが、いまはあの城壁が心強く思える。

おそらくもう、追手もこないだろう。ダミエッタの中にはいまも多くの十字軍がいるはずだ。

「城壁だ！」

「ダミエッタが見えたぞー！」

兵士たちが叫んだ。

あと少し。あと少しだ。

そう、彼が思ったところで、しかし後方から音がした。地響きのような、音。

それから、異国の言葉。

追手の声だ。

「くそ」

クローリーは振り返る。まだ少し離れているが、敵の数はいままでの追手よりも多い。馬に乗っている。追いつかれるだろう。

グスタボが叫んだ。

「おい、嘘《うそ》だろ！　ここまできて、そりゃねぇよ」

クローリーはすぐさま仲間たちに、命じた。

「走れ！　逃げるんだ！」

そう言いながら、しかし彼は動かない。振り返って、腰の剣を抜く。

横でヴィクターが言う。

「おい、クローリー。どうするつもりだ」

「あれは逃げ切れない。僕は殿《しんがり》を守る」

「死ぬぞ」

「仲間を守ると隊長と約束した」

「隊長はおまえに、絶対に生き残れと言った！　おまえは先頭へ行け。俺が後ろを守る！」

そう言って、ヴィクターも腰の剣を抜く。するとそれに呼応するように、グスタボや、他の上級騎士たちが剣を抜いた。その数は、十数人。目の前に、逃げこめる拠点があるのを見て、なお、十数人、仲間を守るために命をかけようとする奴らが、ここにはいた。

最後に、ジルベールが目の前に立ち、

「では、私も……」

と、言ったが、その抜かれようとする腰の剣の柄《つか》を押さえて、クローリーは命じる。

「いや、おまえはだめだ、ジルベール。残った仲間を率いる人間が必要だ」

「なっ、ふざけないでください。ここが私の死に場所です」

「違う。おまえは仲間を守って、ダミエッタへ入れ」

「嫌です！　その役目はあなたのものです。私はここに残り……」

が、その顔をクローリーは殴る。

「がっ」

「聞けジルベール。残った仲間を先導する優秀な騎士が必要だ。そしてそれはおまえだ」

「違います。その役はクローリー様が」

「おまえがやるんだ。これは命令だ！　先輩の命令が聞けないのか！」

「……ぐ」

黙る。その肩をつかんで、言う。

「それに、僕もここで死ぬつもりはない。隊長の命令は、絶対に生き残れ、だ。だから、僕は——僕らは生き残る」

するとジルベールがこちらを泣きそうな顔で見て、言う。

「……本当ですか？」

「本当だ。囮《おとり》になって、そのまま逃げる。その間におまえらも、逃げ切れ。そしてダミエッタから十字軍の援軍を連れてきてくれ」

それに、ジルベールは一瞬、考えるような顔になったあと、すぐにうなずく。

「わかりました。ですが絶対に、あとで合流します」

「ああ」

「絶対です！」

「信じてるよ。よし、じゃあやるぞ。おまえらは逃げろ」

それに応えるように、ジルベールは手を上げる。

「全員、私についてこい！　ダミエッタに援軍を呼びにいくぞ！」

そして走り出す。それを見てから、クローリーはもう一度背後を見る。敵が近づいてきている。その数は、百近くはいるだろう。

疲弊《ひへい》した十数人の騎士では、とても勝ち目はない。だが、ジルベールたちが見つからないよう、敵の目を反《そ》らさなければならない。

だから、クローリーは言った。

「前へ出るぞ」

すると横でグスタボが、

「じゃあやっぱ、ここで死ぬのか？　あ〜、まずったな。やっぱジルベールと一緒にいけばよかった」

なんて言い出すが、しかし、グスタボが真っ先に剣を抜いたことを、クローリーは知っている。彼はいつもそういう男だ。仲間を決して見捨てない。

さらにその横に、恐怖で全身を震わせている従騎士のロッソがいた。彼も残ってくれたのだ。

他にも、仲のいい騎士ばかりが残った。訓練や寝食を共にした仲だ。

するとそこで、ヴィクターが大声で、

「おいみんな！　無事に帰ったら、真っ先になににするか、言えよ！」

突然、そんなことを言い出す。

すると騎士たちが次々に声をあげた。

「肉だ！　肉をたらふく食う！」

「女に決まってんだろ！」

「酒だよ！　いや水だ！　水をまず飲みたい！」

それにヴィクターが笑って言う。

「おまえら欲まみれだな！　そんなんじゃ神様は救ってくれないぞ！」

それにみんなが笑った。

だが、とにかくそれで、生きて帰ろうという気持ちに、なった。

ヴィクターがこちらを見て、

「よし、俺の仕事は済んだぞ」

と、言った。おそらく、隊長に言われた、『戦場では明るく、仲間たちを鼓舞《こぶ》しろ』という命令を、彼はまた、守ったのだ。

ヴィクターがこちらに言う。

「あとはクローリー、おまえに任せる」

それに、クローリーはうなずいて、言った。

「よし、じゃあ、生きて全員で帰るぞ！　そのために、異教徒どもを引きつけて、逃げる。剣を鳴らせ！　雄叫びをあげろ！　なるべく目立つんだ。だが、この任務は、囮《おとり》だ！　絶対に死ぬな！　ゴールはもう目の前だ。しぶとく生き残って、テンプル騎士団の強さを、敵に見せつけてやれ！　みんな、いくぞおおおおおおおお！」

『おおおおおおおおおおおお！』

全員で絶叫して、剣を鎧《よろい》や盾《たて》に打ち付けて音を鳴らしながら走り始めた。

敵に向けて。

異教徒たちに向けて。

まともにぶつかったら、一瞬で全滅だ。だから直前で止まり、敵に自分たちを追いかけさせる。

追いついてきた敵から殺す。

殺す。

殺す。

「皆殺しだぁああああああああ！」

クローリーは叫んだ。

目の前の敵の首を刎《は》ねた。

腕《うで》を斬り落とした。

横でヴィクターに襲いかかろうとした敵の頭に剣をたたきこんだ。頭蓋骨《ずがいこつ》が割れ、深々と剣が突き立ち、そして、抜けなくなった。

「くっ」

その一瞬の隙《すき》を突いて、横から五人、敵が襲いかかってくる。

その敵の一人に、グスタボとロッソが襲いかかる。

「クローリー！」

「クローリー様！」

と、グスタボが素早く二人の首を刎《は》ねる。やはり先輩は強い。

だが、ロッソは斬り負けてしまう。敵の剣を受け、だがそれを受け止めきれずに、首に剣が入る。ざくっと、嫌な音がした。ロッソの首から血が噴き出した。

「ロッソ！」

クローリーは落ちたロッソの剣を拾い、ロッソを斬った敵の心臓に突き立てる。

「く、クローリー様……ご、ご無事ですか」

血まみれになりながら、ロッソはこちらの心配をする。

「ああ。ああ！　おまえのおかげだ。おまえのおかげで、助かった」

それに、従騎士の、まだ十六歳になったばかりの少年が嬉《うれ》しそうに、

「よ、よかっ……」

だがそこで、彼は息絶えた。

自分を助けて、まだ若い、未来のある、純粋な少年がまた死んだ。

クローリーはそれに顔をしかめ、だがもう、そこに踏みとどまっているわけにはいかなかった。

ロッソの死体を捨てて、

「引け！　みんな引け！」

走り始める。

もちろん敵も追いかけてくる。それを斬り捨てながら、必死で逃げる。

背後で。

「がっ」

とか、

「あっ」

とか、よく知っている仲間たちの声が聞こえる。

次々に仲間が殺されていく。だがもう、振り返る暇はない。ただ、必死に逃げるだけだ。逃げ切らなければ、皆殺しにされる。

背後で、

「くそがぁあああああああああああああああああ！」

という、グスタボの声が響いた。

それに、思わずクローリーは振り返ってしまう。

するとすぐ背後に、敵が迫っていた。剣を振り上げていて、しかし、突然振り返ったクローリーに驚いた顔。その顔を、剣で斬り飛ばす。完全に、グスタボの声に助けられた。

だがそのグスタボは、敵の中央に取り残されてしまっていた。腹から内臓がはみ出ていて、それを左手で押さえながら、

「みんな、みんな逃げろ！　俺がここで、異教徒どもを食い止めてやる！」

無理だ。

そんなことは、絶対に無理だ。

グスタボは死ぬ。ここで。

なのに、彼は自分の死の恐怖に怯《おび》えるのではなく、

「おいクローリー！」

彼の名を、呼んだ。

そして、

「おまえ、絶対全員を、生きて逃がせよ！」

と、叫んだ。

そのグスタボを囲むように、ゆっくりと敵が集まってきて剣を振り上げて。

「グスタボ先輩！」

と、クローリーが叫んだときには、グスタボは剣を振り上げ、敵に突っこんでいた。敵がグスタボに群がる。その敵を、グスタボは何人か殺す。

「うお、あぁああああああああ」

グスタボが叫ぶ。

だが、そこまでだった。

幾本もの剣が、グスタボの首に、胴に、腹に、突き刺さる。それでも、剣を振るってい

た。虚空《こくう》に向かって、グスタボは必死に剣を振るって、しかしその腕もやがて、ぐったりと動かなくなって。

それを、クローリーは見つめ、

「……くそ」

と、うめいた。

「……くそ、くそ、くそが」

いったいこれは、なんだ。なんなんだ。なぜこんなことになる。

全身が震え、怒りがこみ上げてくる。だが、その怒りを誰に向けていいのかは、もうわからなかった。

異教徒へ向けてか。

それとも、無意味な戦争を強いる、上層部に向けてか。

もしくは、いくら信じてもまるで守ってくれない、神に対してか。

ヴィクターがクローリーの腕をつかんだ。

「ぼうっとするな！　まだ俺たちは生きてる！　逃げよう！」

「…………」

「早く！」

怒鳴られて、クローリーは再び走り始めた。敵を斬りながら、仲間たちを連れて必死に走った。

何人生き残っているか、確認する時間もなかった。だが生き残る必要がある。なんとか生き残る必要が。

そう隊長に命じられたのだ。

生きて帰れと。仲間たちを国に帰せと、そう命じられたのだ。

だから、クローリーは必死に走って。

走って。

走って。

「…………」

いつの間にか、逃げ切っていた。

敵の追手の姿は見えなくなっていた。

どれくらいの間逃げていたのか、もうわからない。

「……はぁ、はぁ、はぁ」

と、肩で息をする。呼吸を整えようとするが、なかなか落ち着いてくれない。胸を押さえる。鼓動が信じられない速さで打っている。

だが、それでも、

「……生き、残ったのか」

そう、クローリーは呟《つぶや》いて、振り返った。

後ろには仲間たちも一緒に、ついてきていた。その数は七人。

十数人で百人の敵に突っこんでいって、七人残った。

半分だ。

半分は死んでしまったが、それでも、その生き残った数は奇跡といってよかった。

みながこちらを見る。そして、笑う。声は出ない。もうその、体力がみな、残っていないのだ。

だが、みんなが笑っていた。

この、生き残った奇跡に。

ありえない幸運に。

誰かが言った。

「ああ、神様……」

すると何人もの仲間たちが、次々に天を仰ぎ、祈り始めた。

それをクローリーは見つめる。仲間たちが神に祈る姿を、見つめる。

横から、ヴィクターが肩をつかんでくる。

そちらを見ると、ヴィクターも生きて、笑ってくれていた。彼のその笑顔を見て、やっと自分も死ななかった実感が湧いてくる。

「は、はは」

と、思わず彼は笑った。

ダミエッタはもう、近いはずだ。それに、さきにいったジルベールももう、援軍を連れてここへ向かっているころだろう。

本当に、助かったのだ。

あの状況で、自分たちは、生きて戻った。

「おい、やったな」

と、ヴィクターが言った。

「クローリー。おまえが、みんなを救った」

だがそれに、クローリーは首を振る。

「……いや、みんなの力だ。隊長や、ロッソ、グスタボ先輩……」

それだけじゃない。死んだ多くの仲間が、使命を全うした。戦には負けたが、それでも、みなが誇りを持って、死んだ。間違いなくそれを自分は見た。

仲間を守るために。

名誉を守るために。

そしてそのみなの犠牲の結果、自分たちは生き残った。ジルベールが連れていった数十人の仲間たちと、そして、ここに残った七人。

その中には、自分の親友もまだ生き残ってくれている。

クローリーは顔を上げて、その親友の顔を見る。ヴィクターのほうを。そしてさっきヴィクターが言った言葉に、いまさらながらに答える。

「……帰ったら、神に祈るよ」

それに、ヴィクターがわからないという顔になるので、彼は言った。

「生きて帰れたら、真っ先になにがしたいか言えって、言ったろ」

「ああ、うん。言ったな」

「その答え。帰ったら、神に祈るよ。教会にいって、祈る。で、言うんだ。最後の最後でしたが、それでも、微笑《ほほえ》んでくださったことを感謝しますって」

そして懐から、隊長の首から取ったロザリオを取り出す。ぎゅっとそれを握り、クローリーも天を仰ぐ。

そして、

「ああ、神様……」

と、言った。

するとヴィクターがそれに微笑《ほほえ》んでから、

「帰ろう。俺たちの家に」

「うん」

クローリーはうなずいた。

それから仲間たちに、最後の力を振り絞って、ダミエッタまで進むぞ、と、命じようとする。

だがそこで、

「…………」

クローリーは、妙なものを見つけてしまった。

それはダミエッタがある方角。

荒野の中央に、一人の、黒衣《こくい》の男がゆっくりこちらに歩いてくるのが見えた。

男は褐色の肌をしていた。

おそらくは、異教徒だ。だが武装していない。手ぶらのまま、こちらをじっと見つめている。

「なんだ、あれ」

仲間の騎士たちも気づいたのか、そう言った。

「敵か？　俺たちを追ってきたのか？」

「つっても、まわりに誰もいないぞ。あいつ一人でなにができる」

「仲間とはぐれたんじゃないか？」

「でもならなぜ逃げない。こっちに向かってきてるぞ」

それにクローリーは、

「みんな、少し黙れ」

と、言った。それでみなが黙る。クローリーは警戒して、腰の剣に手を載せる。そして、聞く。

「おい、おまえ！　おまえは何者だ？」

「…………」

男は答えなかった。

ただ、ただ、真っ直ぐこちらに近づいてくる。

「おい！」

「…………」

「おい！　私たちの言葉が、通じているか？」

「…………」

「それ以上近づくな。近づくなら、殺す！」

クローリーは腰の剣を抜いた。

すると仲間たちも一斉に剣を抜いた。

すると男が顔をあげた。

異様なほどに美しい男だった。

その瞳が赤い。血のように赤い。

そして真っ白い歯を出して、男は笑った。その口に、まるで獣のように鋭い牙《きば》が二本、生えだしていて。

ヴィクターが、

「ありゃ、なんだ」

と、言った瞬間、目の前の黒衣の男の姿が、消えた。

「え……」

その直後、背後で声がした。

「うわ⁉」

クローリーは振り返る。するともう、二人殺されていた。

男が左手で、一人の首を握り潰《つぶ》し、もう一人の胸に、右手を突き立てていた。

二人とも、即死だった。ぐったりと動かない。

「なんだ、なんだこいつっ⁉」

仲間の騎士が叫んだ。

クローリーも同じ気持ちだった。あきらかに目の前の男の動きは、人間のものじゃなかった。動きが、姿が見えないなんて。こいつはなにかおかしい。

「き、貴様ぁあああああ！」

さらに仲間が一人、剣を掲げて男に斬りかかろうとして、それにクローリーは叫ぶ。

「やめろ！」

一人で戦って勝てる相手では、なかった。

だがもう遅かった。剣が男の首へと入ろうとするが、それを、男は指二本で止めてしまった。

「なっ」

と、驚きの声をあげる間もなく、男が指をひねる。それだけで、まるで細い木を折るかのように、簡単に剣が折れてしまう。

「おい、冗談だろ」

横で、怯《おび》えた声でヴィクターが言った。

だが、冗談ではなかった。いま目の前で起きていることは、夢ではなかった。

バケモノだ。

人間ではない、なにか別のなにかが、目の前で自分たちを襲っている。そしてあんな動きをするバケモノを相手に戦う方法は、習っていなかった。

男が左手を軽く振る。すると剣を折られた仲間の首が胴から切断されて吹っ飛ぶ。

そして男は、言った。

「……弱いな。私は弱い人間の血は好まない。もう少し強い奴はいないか？」

それに、クローリーは叫んだ。

「集まれ！　一人で戦うな！　一丸となって、あのバケモノを……」

が、男はこちらを見て、

「ああ、じゃあおまえが一番強いのか？」

と、言った。そしてまた、姿が消えた、と思った次の瞬間にはすぐ目の前に立っていた。

「くっ……」

手がこちらの首に伸びてこようとするのに、

「う、おおおおおおおおおおお！」

クローリーは剣を振り上げる。バケモノの、首に。その剣をバケモノはあっさり手刀《しゆとう》で切断してしまう。

だが、そうなることはわかっていた。剣が折られることは想定の上で、クローリーは剣を放っていた。

切断された剣の、残った刃を押しこむように、クローリーはバケモノの首へと突き出す。

バケモノの目が少しだけ大きくなるが、しかし、剣はよけられてしまう。

「おっと、おまえはなかなか悪くないな。だが、そんな剣では私は……」

が、その剣も捨てて、クローリーはバケモノにしがみつき、押さえこむ。そして、

「ヴィクター！　こいつを殺せぇえええええええ！」

叫んだ。
するとヴィクターと、仲間の騎士たちが一斉にバケモノに剣を突き立てる。
背中に、四本の剣が刺さる。
殺《や》った。
殺せた。
そう思った。
だが、それに男は笑い、
「で？」
と、言った。
剣を四本も刺されて、平然とした顔をしていた。
やはり人間じゃないのだ。
こいつは人間じゃないのだ。
ならもう、勝ち目はなかった。
剣を刺しても殺せないのであれば、殺す方法がわからない。
終わりだ。逃げるしかない。だから、
「おいヴィクター！」

みなを連れて逃げろ、と、言おうとした。

だがバケモノが笑って、

「いや逃がさないよ。目撃者は皆殺しだ。君はメインディッシュにするから、少しここで待ってなさい」

などと、言った。

それに、クローリーは後ろを振り返って、『逃げろ！』と叫ぼうとした。

だが、振り返ったときにはもう、自分をつかんでいたはずのバケモノがそこに現れていた。

そして仲間の騎士の頭をつかみ、首をもぐ。

胸に腕を突き立て、心臓をえぐり出す。

「やめろ」

と、クローリーは言った。

仲間が殺されていくのを見ながら、

「やめてくれ！」

と、そう叫んだ。

なぜこんなことになる。

やっと生き残ったのに。あらゆる犠牲を払って、やっとここまできたのに。目の前にはもう、街が、ダミエッタが見えているのに。

帰れるはずなのだ。

生きて、帰れるはずなのだ。

なのに、ここでいったい自分は、なにを見ている。

また一人、仲間が殺された。生きて帰れるはずの仲間が、殺された。

そしてバケモノが、ヴィクターを見る。ヴィクターが剣を振り上げる。

「だめだ！　ヴィクター！」

クローリーは叫んだ。だがその声にも、意味はない。

男が手を振る。それだけで、ヴィクターの両腕があっさり切断されて、宙を舞った。

「あっ……」

とだけ、ヴィクターは言った。それから彼はこちらを見た。どうしたらいいかと、助けを求めるような顔。それにクローリーが飛び出していこうとすると、

「くるな！」

そう、ヴィクターは言った。

言ったと同時に、男がヴィクターの首に喰《く》らい付いた。鋭く伸びた牙《きば》が、首に深く突き

刺さり、ギュルギュルと音をたててなにかを吸い出す。ごくんごくんと喉《のど》を鳴らす。どうやら血を飲んでいるようだった。

こいつは、血を飲むバケモノなのだ。

「あ、あ、あ……」

ヴィクターはそんな声を出して、それから、地面に落とされた。

それで、彼は死んだ。

あっさり死んでしまった。

ヴィクターが。

騎士団に入ったときからずっと一緒に過ごした仲間が、死んだ。

そしてそれを、クローリーはぼんやりと見つめた。

やはり最後の最後までこちらに微笑《ほほえ》みかけない神の姿を。

あげくの果てに、血を吸うバケモノを派遣してくるような、優しくない神の姿を、ぼんやりと見つめた。

するとバケモノに、襟首《えりくび》をつかまれて無理矢理立ち上がらせられる。だがもう、全身に力が入らなかった。立ち上がる気力を、生きる気概を、吸い取られてしまっているようだった。

男が言った。

「お待たせ。さあ、君の血を吸おうか」

クローリーは、ぼんやりと男を見る。もう恐怖は感じなかった。こんなにもこの世界が神の愛に満ちていないのだとすれば、これ以上生きている価値は感じられなかった。

だから、彼は言った。

「……殺せ」

すると男は少し、つまらなそうな顔をした。

「抵抗しない人間の血を吸うのは、楽しくないな。人間の血は、怒りに満ちているときが一番美味しいんだが」

どうでもいい、と思った。こいつが何者なのかは知らないが、もう、なにもかもがどうでもいいと思った。

するとそこで、男が口を開いた。その口に、牙《きば》が生えている。その牙が自分の首に突き刺さる。ギュル、ギュルルと、自分の中にある命のようなものが吸い出されるのを感じる。命を吸われることには、死を感じることには、なぜか大きな快楽のようなものがあった。

「あ、あ……」

と、自然に声が漏れる。

瞳孔《どうこう》が開く。

空が、太陽が、ひどく眩《まぶ》しかった。

血みどろの戦場で。

おまけにやっと生き残ったと思ったのに、最後には仲間をすべてバケモノに殺されてしまうような理不尽な戦場の上に広がるには、あまりにその空は、青く、綺麗《きれい》で。

「……ああ、そうか。これは、夢か」

じゃなきゃおかしい、と、クローリーは、思った。

きっと、夢だ。

こんなバケモノ、いるはずがないのだから。

本当は戦場で、自分たちは負けて、殺されたのだ。

そして死ぬ寸前に、こんな悪夢を見てしまった。

いや、それとも、戦争へいくのに怯《おび》えている自分が見た、夢の可能性もあるだろうか？

食堂でみんなで騒いだあと、酒を飲み過ぎたせいで見てしまった、悪夢。

それなら、早く覚めてほしかった。

で、目を覚ましたら、ヴィクターがまた馬鹿なことを言ってくれるのだ。グスタボがひねくれたことを言い、ロッソや、アルフレッド隊長、仲間たちがいつも通り笑っていて。

ああ、そうならいいのに。

そうだったら、いいのに。

とそこで、クローリーは意識が遠くなっていくのを、感じた。

遠くで声がする。

夢の遠くで、かすかに、誰かが話す声がする。

それは天使の声だろうか。

それとも、地獄の悪魔の声だろうか。

◆　◆

「……まあ、殺すのは待ってよ、ロー……」

「……なんだ。なぜ貴様がここにいる」

「あはぁ。まあまあ、それより、彼はミカエラなんだ。だから」

「…………」

「だから……あなたには殺させないよ」

◆◆◆◆

「……………さい」

また、声がする。だがそれはさっきよりもずいぶんとはっきりした声だった。

「……目を、目を覚ましてください！　クローリー様！　クローリー様！」

その声に、クローリーは顔をしかめる。

「……ん」

と、薄く目を開く。

眩《まぶ》しい陽射し。ひどい頭痛。どうやら、眠っていたようだった。

目を開けると、目の前にはジルベールがいた。こちらを見て、

「よ、よかった。生きてた！　おいみんな、クローリー様が、目を覚ましたぞ！」

すると声がする。

仲間たちの声だ。

「ほ、ほんとか！」

「大丈夫なのか！」

そんな声。

ああ、仲間が、生きてる。そう思った。なら、やはりあれは夢だったのだ。あのバケモノは、夢だったのだ。

クローリーはジルベールを見あげて、言った。

「……ジルベール」

「はい」

「……僕は、ひどい悪夢を、見てた」

「その悪夢は、終わりました！」

「本当に、ひどい夢だった。隊長が死んで、グスタボ先輩や、ヴィクターまで、妙なバケモノに殺されて……」

「……クローリー様。もう、もう、喋《しゃべ》らないでください。ひどい顔色だ。出血もひどい」

「いや、大丈夫だ。もう目は覚めた……起きるよ」

と、クローリーは上半身を、起こした。

悪夢から抜け出そうと起き上がり、そして、目を大きく開いた。

するとそこは、やはり、同じ場所だった。

ダミエッタにあともう少し、という場所。

そこに、血の海が出来ている。

仲間たちの血が大地を汚し、その中央に自分は寝ていたようだった。

そして目の前には、ヴィクターが倒れていた。

まるで助けを求めるような顔でこちらを見て、死んでいた。

そしてその、ヴィクターの前に、ロザリオが落ちていた。隊長のロザリオだ。

だがそのロザリオは、誰のことも守らなかった。きたのは神じゃない。悪魔だけだった。

それをクローリーは見つめ、

「…………」

彼は、じっと見つめて、言った。

「……もう、いいよ。うんざりだ。こんな悪夢はいらない」

「クローリー様」

「ふざけるなよ。いったいこれは、なんだ！　なんなんだ！　おまえはなにがしたい！

これはいったい、なんの罰なんだ！」

と、叫んだ。

だが、返事はなかった。

ただ、ただ、空が青いだけで、神からの答えはなくて。

するとそれに、隊長のロザリオを拾って、ジルベールが言った。

「クローリー様、落ち着いてください」

「うるさい」

「神は、神はいらっしゃいます」

「うるさい、黙れ！」

「そして神はあなたを生かされた。あなたに、生きろと……」

「黙れ黙れ黙れ！　もう、黙ってくれ！」

と、怒鳴《どな》った。

それでジルベールは黙った。

クローリーは立ち上がる。ゆっくりとヴィクターのそばに近づき、膝《ひざ》をつく。手を伸ばし、そっと彼の開いたままの目を閉じてやる。彼はまだ、温かかった。だが死んでいる。もう笑わない。馬鹿なことも言ってくれない。二度と起き上がってはこない。

「……ごめん、ヴィクター。みっともないことに、僕だけ生き残った」

するとまた、背後からジルベールが言った。

「いえ、クローリー様。あなたのおかげで、大勢の騎士が救われました」

「…………」

「あなたは、神に選ばれた騎士です」

神に選ばれたと、そう言われた。だがとてもそうは思えなかった。自分が神に愛されているとは、とても思えなかった。それどころかいま、心から、神が消えていこうとしているのすら感じた。

だが、それでも彼は言った。

「……ジルベール」

「はい」

「ヴィクターや、他の騎士たちのために、みなで祈るように言ってくれ。彼らが天国で、神に愛され、幸せに笑えるようにって」

そしてクローリーは、祈った。

ヴィクターのため。グスタボのため。ロッソのため。隊長のため。

死んだ、仲間たちみなの平安を心から神に願うために、目を閉じて、祈りを捧げて――

しかしそれ以降、彼は祈るのを、やめた。

◆◆◆

クローリーが話すのを、フェリドは興味深そうにじっと聞いていた。

話している間、何度もワインが杯《さかずき》にそそがれ、かなり酔ってしまったように思う。そのせいか、話さなくてもいいようなことも、話してしまった気がする。

フェリドはこちらを見つめ、しばらく考えるような顔になってから、言った。

「……つまり、君は戦場で、血を吸うバケモノを見たと？」

クローリーはうなずいた。

「……うん。まあ、追い詰められてたから、あれは夢か、幻覚みたいなものだったかもしれないけどね」

「まあ仮にそれが本物のバケモノだったとして、それはなんだと思う？」

「わからないよ」

「今回の犯人と、同じ奴かな？」

と、フェリドが中が空洞になった銀の針をテーブルの上に出す。

クローリーはそれを見る。だが、あの戦場で見たバケモノは、そんな小細工はしていなかった。いや、する必要がなかった。なにせ、あまりに速すぎて、その動き自体を追えないような、本物のバケモノなのだ。だから、

「たぶん違うと思う」

と、クローリーが答えると、フェリドは不思議そうに言った。

「なんでそう思う？」

「あれはやっぱり、幻覚だよ。あんなバケモノ、いるはずがない」

「わからないよ。世の中にはいろんなバケモノがいるんだから」

「じゃあ、君は他にもバケモノを見たことあるの？」

「うん。たとえばかわいい女の子を寄こしてね、と言ったのに、こーんなにまるまる太った老婆がきたことが」

「そーいうことじゃないでしょ」

「ははは」

と、フェリドは楽しげに笑う。また銀の針を指でつまんで、くるくると回して遊ぶ。

「で、君はそれから、テンプル騎士団を離れた？」

「…………」

「信仰心を失ったのかい？」

その問いに、クローリーは答えた。

「君はまさか、異端審問官《いたんしんもんかん》じゃないよね？　失ったと答えた途端、僕は明日にも火あぶりかい？」

するとフェリドはにんまり笑う。

「そうさ。神を信じないものは皆殺しだ。さあ、どんな火加減がいい？」

「焼死は嫌だなぁ。苦しそうだ。殺すなら首を落としてよ」

「ま、僕が異端審問官なら、姦淫《かんいん》も悪魔《あくま》崇拝《すうはい》も不道徳も全部許しちゃって、この世はもっと住みやすいと思うけどね」

と、楽しそうに笑う。確かにそうだ。こんな変態的な屋敷に住むような奴が、異端審問官なわけがない。

クローリーは聞いた。

「君こそ、神を信じてないの？」

「どうかな。少なくとも、見たことはない。君はあるの？」

「ない」

「でも、吸血鬼は見ちゃったわけだ」

「…………」

「で、信仰心を失った」

クローリーは首に下がったロザリオに手を伸ばしかけて、しかし、フェリドがこちらを見ていることを思い出して、やめる。

だが、やはり彼は気づいたようだった。にやにや嬉《うれ》しそうにこちらを見ている。

それからしばらく、沈黙が続いた。

少し、話し疲れてしまったのかもしれない。夜ももうだいぶ更けている。

「さて、僕はそろそろ、帰るよ」

と言うと、フェリドが言った。

「そんなわけにはいかないよ。今日は泊まっていってもらうつもりだったんだ。部屋も用意してある。女の子もね」

だがクローリーは笑って首を振り、立ち上がる。

「そんなにされたら、悪いよ。君とは今日、会ったばかりだし」

「君の従騎士君はもう泊まってるよ？」

「それは申し訳ない。彼のことは頼んだ」

「ふむ。まあ、いいけどねぇ」

と、フェリドも立ち上がる。そのまま、玄関へと送ってくれる。

扉が開かれると、外はもう真っ暗だった。フェリドが灯りのついたランタンを用意してくれた。

「明日、返してもらいにいくから」

「僕の家を知ってるの？」

「ジョゼ君に聞くよ」

「そうか。じゃあ、また明日」

「うん。明日。ああ、クローリー君」

「なに？」

「今日は君と話せて、とても楽しかったよ」

などと、フェリドがにこやかに言ってきた。

それにクローリーはうなずく。確かに、自分も楽しかったように、思えた。それはあの戦場から帰ってから、初めての感覚だ。なにせ、誰かにあのときの話をしたのすら、初めてなのだ。

だから、言った。

「ああ、僕も楽しかった」

「ほんと？」

「うん」

「それはよかった。じゃあ、夜道に気をつけて。吸血鬼に襲われたりしないように」

そう言われて、クローリーは笑った。

「見つけたら退治しとくよ」

「あはは」

「じゃ、これで」

「うん」

そしてクローリーは、フェリドの館をあとにした。

◆◆◆

翌日。

クローリーは寝坊してしまった。

「先生！　クローリー先生！　起きてください！」

「ん？」

「もうみんな揃《そろ》っています」

剣を習いにきた生徒たちに、起こされる。まだいまいち覚めない目をこすりながら訓練場に出ると、生徒たちはもう整列していた。昨日反抗的な態度をとったヨーゼフが、一番前に直立不動で立っている。こちらを見て、目を輝かせ、

「き、昨日は失礼いたしました！　今日からまた、よろしくお願いします！」

などと言ってくる。

クローリーはそれに苦笑して、稽古《けいこ》を始める。といっても、まずは基礎だ。型を教え、

それを維持する練習。隊長が自分にしてくれたものと、同じだ。

みな昨日よりも段違いに熱心で、少し、真剣に教えてやろうという気持ちになる。

だがそこで、邪魔が入った。

「やーやー、クローリー君」

フェリドの声だった。

「やってるねー」

生徒たちを見て、そんなことを言う。

生徒たちの手が止まるので、続けろと命じる。

するとフェリドが横までやってくる。生徒の真似をして、剣を振っているようなポーズを取り、

「こうかな？」

というので、

「全然なってないね」

と、教えてやる。

「あれ、だめ？」

「ぜんぜんだめ。へっぴり腰っぷりすごすぎ」

「あはは、だめかぁ。でもじゃあ、君に今度特別訓練を頼もうかな」

「やる気ないくせに。それに君には必要ないだろ。ありあまる金で、何人でも用心棒を雇える」

「うん。確かにそうだ。じゃあ君を雇うよ。なにせこれから、怖い怖～い吸血鬼を退治しにいかなきゃいけないしね。さて、午後から一緒に、彫金師のところへいってくれるんだろ？」

　なんて言われる。

　だがそれに、クローリーはフェリドから目線を外し、型の練習を続ける生徒たちへ目を向けて、言った。

「そのことなんだけどさ、フェリド君。やっぱり僕はやめとこうかと思って」

「へ？　なんで？」

「こう見えても僕はそこそこ忙しくてさ」

「寝坊したのに？」

「あら、見てたの？」

「うん」

「まあ、寝坊はしたけど、いろいろ忙しいんだよ」

と、いうのに、フェリドが笑って、生徒たちのほうを見つめる。

それから少しの間、型の練習を見つめてから、彼は言った。

「で、ほんとの理由はなに？」

その問いに、クローリーは答えた。

「……どうせ吸血鬼なんて存在しない」

するとフェリドがこちらを見上げて、言ってくる。

「戦場で見た奴とはあきらかに違うから、興味なくなっちゃった？」

「……戦場のあれも、夢か幻覚だよ」

「そうかなぁ。そのわりにはずいぶんとしっかりとした話に聞こえたけど」

「酔って、馬鹿なことを話しすぎたよ」

それには少し後悔していた。話すべきではない話を、たくさんしてしまった。

もしもそれが異端審問官に知られれば、自分は殺されてしまうだろう。

「とにかく、僕はこの件から降りる。フェリド君も、あとのことはテンプル騎士団に任せたほうがいい。彼らなら大丈夫だ」

「でも、もしもこれが本物の吸血鬼に繋《つな》がるような事件だったら……」

が、遮って、

「ありえないよ」

と、言った。

するとフェリドが言葉を止める。そして、

「じゃあ、僕らの楽しい吸血鬼退治物語はこれで、終わりかな」

「ああ」

「僕らの関係も？」

それに、クローリーはフェリドのほうを見て、言う。

「僕らの間に、いったいなにがある？　昨日《きのう》会ったばかりだ」

するとそれに、フェリドは少し悲しげに、微笑《ほほえ》む。

と、そこで、また別の声がした。

「クローリー様！」

ジョゼの声だった。必死の形相で走ってくる。

昨日、酒に酔って女連れでフェリドの館《やかた》に泊まったことを、あやまりにきたのだろうか。

横のフェリドに聞く。

「今朝のジョゼの様子は？」

「君が先に帰ったことに、かわいそうなほど顔面蒼白《がんめんそうはく》だったよ」

「はは」

やはり、それをあやまりにきたのだ。

「クローリー様！」

と、もう一度叫んで、ジョゼが目の前に飛び出してくる。

「あ、あの、クローリー様、あの……」

ぜえぜえと肩で息をしながら、そう言うので、クローリーは言ってやる。

「少し落ち着いて。水でも飲む？」

「い、いえ、あの、あの、き、聞いてください」

「聞くから。といっても、別に僕は怒ってないよ。だから君がなにかを謝ったりする必要は……」

が、それを遮って、ジョゼが言った。

「ち、違うんです。事件が、事件が起きて……」

泣きそうな顔で、彼はそう言う。

「事件？　いったい、なにがあったの？」

「テンプル騎士団の官舎で、ジルベール様が……ジルベール様が、殺されていて」

「なっ」

「血が、血が全部、抜き取られてて……」

それは、最悪の報告だった。

ジョゼが泣きそうな顔で言う。

「クローリー様。みながあなたのお帰りを、待っています」

それに、クローリーは顔を上げた。

◆

テンプル騎士団の官舎は、騒がしかった。当然だ。上級騎士の中でも、次期管区長《マスター》候補と言われたジルベールが、殺されたのだ。

クローリーはその中に入っていく。誰もが彼を見ると、静かになり、道をあけた。

彼がジルベールと親しかったことを知っているからか。それとも、あの戦争後、まったくここに現われなかった珍客の登場に戸惑っているからか。

ジョゼが案内してくれたのは、官舎の中にある、祈りの間だった。大きな十字架が置かれている部屋だ。

そこでジルベールは死んでいた。

まただ。また死ぬべきではない人間が、死んだ。ジルベールは誰よりも真面目《まじめ》で、神を信じていた。

なのに、彼は十字架の下で死んでいた。

「……ジルベール」

と、クローリーは彼の名前を呟《つぶや》いた。大きな喪失を感じた。信仰を失ってなお、まだ自分は、神を信じていたのだと、思い知らされた。

そしてこの、優秀で、真面目《まじめ》で、仲間思いな仲間だけは、神に守られていてほしいと願っていたのだ。

だが、ジルベールは死んだ。

神の名の下《もと》で、理不尽に殺された。

「……くそ」

死体はまだ、片付けられていなかった。なにか手がかりがないか、これから調べるのだろう。

クローリーはかがんで、ジルベールの傍《かたわ》らに膝をつく。柔らかい金色の髪にそっとさわり、それからゆっくりと頭をこちらに向ける。目は見開かれていた。恐怖に。いったい死の淵《ふち》で、なにを見たのだろうか。

神ではないことは確かだ。

「君は最後に、なにを見た？　ジルベール」

返事はない。

「教えてくれ。そうしたら、僕が君の仇《かたき》をとってやる」

やはり、返事はなかった。

彼は死んだのだ。

首には二つ、牙《きば》でつけられたような傷があった。まるで吸血鬼が嚙《か》みついたような、痕《あと》。

ヴィクターの首にもあった、嚙み痕だ。

それが今回の、娼婦《しょうふ》を殺した者がつけた傷なのか、それともまた別のなにかの仕業《しわざ》なのかは、わからなかった。

だが。

「…………」

背後から、声がした。

「ねぇ、クローリー君」

フェリドの声だった。後ろについて、ちゃっかり一緒に入ってきたのだ。フェリドは室内に入るなり切れ長の目を鋭く細め、周囲をぐるりと見回してから、

「……なるほど。なるほどねぇ。これはすごいね」

と、妙に楽しそうに言った。

彼にはなにかいろいろと見えているようだった。彼は頭が良く、観察力もずば抜けている。自分にはわからないことが、わかるのだろう。

クローリーは、聞いた。

「なにか、わかることがあるの？」

しかし、フェリドは笑うだけで答えてくれない。

「ちょっと、フェリド君」

「なにかな、クローリー君」

「なにかわかってるなら、教えてよ」

するとフェリドはこれ以上ないというほどにんまりと笑って、言った。

「でも昨日会ったばかりの他人な君に、なにかをペラペラ話す気にはならないなぁ」

どうやらさっきのクローリーの言葉の仕返しをしているつもりのようだった。あれに少し、傷付いたのだろうか。

こんな状況でそんなことを言い出すフェリドのあまりの不謹慎さに、クローリーは思わず苦笑する。

「そんな遊びにいま、付き合える心境じゃないから、いじめないでよ」

するとフェリドはまた笑った。

「いいよ。いじめはあとにしよう」

「で、犯人は誰だ？」

「ん〜、これはたぶん、いろいろ絡《から》み合ってて、一言《ひとこと》じゃ答えられないなぁ。でもそれより、それを知って、君はどうするのかな？」

「え？」

「僕らの楽しい吸血鬼退治は、もうやめたんだろう？　なら犯人なんて探しても、仕方ないと思うけど」

「それは……」

するとフェリドが前に進んでいく。十字架の前に立ち、こちらを振り返る。明かり取りの窓から差しこむ光が、十字架と、そしてその下に立つ妖艶《ようえん》に笑う男を照らし出す。

こういうのが、妙に絵になる男だった。彼はまるで、次にクローリーがなにを考えるか、なにをしたいと思っているのか、そのすべてがわかっているような顔でこちらを見つめてきていて。

それに、クローリーは十字架と、そしてその下に立つ、退廃的な、快楽主義者の姿を見つめて、言った。

「……ああ、くそ。わかったよ。僕が間違ってた。やるよ」

「なにを？」

「吸血鬼探しを」

するとフェリドがにんまりと笑って、言う。

「それって、どーしても僕についてきてほしかったりするやつかな？」

「……頼まなくても、君はついてくるだろう？」

が、フェリドは笑って、

「いや、頼まれなきゃやだね」

さっそくいじめは再開されたようだった。

だが彼の力は間違いなく必要だった。血を吸うだなんていう異常な犯罪者を追うには、フェリドのようなやはり少し異常《おか》しな人間の力が必要だ。

それに、あの戦場で出会った吸血鬼のことは、彼にしか話していないのだ。

なら、彼の力がいる。もしも吸血鬼などというものが実在して、それを見つけ、復讐《ふくしゅう》か
なにかをするのなら、彼にそばにいてもらう必要がある。

するとまるでその、クローリーの気持ちを察しているかのように、フェリドはこちらに

白く華奢《きやしや》な手を差し出してきて、言った。

「じゃ、頼みなよ。僕に。一緒にいてくれって」

「………………」

「それからさっき、昨日《きのう》会ったばかりだろ、なんて言ったことも謝るといいよ」

やはり傷付いていたようだった。それにクローリーは苦笑する。それからその、差し出された手を見つめ、

「じゃあ、頼むよ。一緒にきてくれ、フェリド・バートリー」

するとフェリドが微笑《ほほえ》んで、言った。

「あは。いいよぉ。まったく、いきたくないんだけど、仕方ないなぁ」

などと、笑って。


そして吸血鬼退治は始まった。

Seraph of the end

Story of
vampire Michaela

幕間　ミカエラを追う物語

「ああ、ちょっと待って、クローリー君。一度この話は、途中で止めていいかな？」

と、フェリド・バートリーは指を一本立てて言った。

そこは静まりかえった図書室。

七百年前から知り合いの男へと、目を向ける。

「ん？」

それにクローリー・ユースフォードが顔をあげた。彼は当時、まだ純粋で、神を信じており、強く美しく、吸血鬼ではなかった。

いまではすっかり吸血鬼だが――

「どうしたの？」

「用事があるんだ」

「用事。ふむ。まあ、僕は僕の思い出話になんて興味がないから、別にいいけど」

「いやいや、今夜また続きを話そうよ。君が吸血鬼になるくだりが、僕は一番好きなんだから」

「ふむ」

クローリーはうなずき、手近な書棚から、一冊本を取り出す。そこは聖書のコーナーだった。あらゆる国の言語で書かれた聖書が置かれている。手に取ったのは、ラテン語。彼はもう長いこと信仰を失っているが、思い出話をしているうちに、神が恋しくなったのだろうか。

聖書を開きながら、クローリーは言った。

「じゃあ今夜は、またあの日みたいに、ワインでも飲みながら思い出話をする？」

フェリドは微笑《ほほえ》んで、言った。

「いいねぇ。でも、もう僕らはワインなんか飲めないけどね」

血しか受けつけない体になってしまった。

クローリーが聖書から片目だけこちらへ向けて、言う。

「僕らは？　君はあの日だって、ワインは飲んでなかったろう？」

もちろん血だった。ワインなど、もうどれくらいの間飲んでいないだろう。

クローリーが聞いてくる。

「君は、いったいいつから吸血鬼なの？　僕はむしろ、君が吸血鬼になった話に興味があるよ」

「僕に興味があるの？」

「君みたいな変態がどうやって生まれたかに、興味がある。君だって初めから吸血鬼なわけじゃないだろう？」

「あは」

フェリドは笑った。自分がどう生まれたのか。どう吸血鬼になったのか。その話をするにしたって、やはり今日の用事が先だった。

結局のところ、クローリー・ユースフォードも、フェリド・バートリーも、《ミカエラ》という名の物語にまきこまれた被害者なのだから……


そして今日、その、ミカエラの名を持つ少年と接触することになっていた。だから、

「まあ、積もる話はまた夜に。年代もののワインを用意するよ」

「いや、血にしてくれる？」

クローリーの言葉にフェリドは微笑《ほほえ》み、そして、図書館をあとにした。

◆◆

◆

フェリド・バートリーの屋敷を見上げ、ミカは緊張で自分の膝《ひざ》が震えるのを感じた。

その足を何度か撫《な》でる。

「……大丈夫。僕は大丈夫」

そう自分に言い聞かせるが、噂《うわさ》によるとフェリドという名の吸血鬼の貴族の屋敷を出入りしている子供が、急に行方不明になることがあるのだという。殺されているのか、それともなにか、別の理由があるのか、それはわからないが、ここでは家畜が一匹いなくなったところで、問題にはならない。

「……大丈夫。僕はうまくやれる」

屋敷の大きな扉をノックする。その音が中に聞こえたかどうかはわからなかったが、扉が開かれ、中に招かれた。

屋敷は、絵本やお伽噺《とぎばなし》でしか見たことのないような、絢爛豪華《けんらんごうか》な場所だった。

何人かの子供たちがそこで働いていて、その中の一人の少女がミカのほうを見て言った。

「あなたが今日来るという新入り？」

「あ、はい。たぶん」

「今日からここに住むの？」

「いえ、そういうわけじゃ」

「ああ、フェリド様の、特別なお気に入りか。じゃあ奥に。案内するよ」

「……ありがとうございます」

年長の少女に連れられて、屋敷の中を進んでいく。いくつかの部屋で、子供たちが遊んでいた。そこには、子供が喜びそうなおもちゃがたくさん転がっていて、ここに、優《ゆう》ちゃんや、茜《あかね》、百夜《ひゃくや》孤児院の子供たちを連れてきてやりたいな、と、思う。

もしもここが危険な場所ではないとわかったら、だが。

それを、十分確認できたら。


屋敷を進んでいくと、窓から庭園に抜けられる部屋があった。

その窓から、庭園へと出る。

庭園には色とりどりの花が植えられていた。

この、陽の光のない地下世界にきてから、花を見たのは初めてだった。ミカが一瞬、その美しさに目を奪われていると、少女が言った。

「フェリド様」

「…………」

「フェリド様。お客様を、お連れしました」

「ん〜？」

声が返ってくる。

ミカが見ていた花壇《かだん》の奥、一人の美しい男が、花の中から上半身をあげる。

妖艶《ようえん》な、赤い瞳がこちらを見て、

「やぁ、きたんだ。ようこそ、僕の屋敷へ」

その、口許《くちもと》には赤い血が垂れている。

いま、血を飲んでいたのだ。花壇の中から、少年が起き上がる。その首に血が滲《にじ》んでいる。少年はこちらに気づき、なぜか少し恥ずかしそうに、首を隠す。

「あの、俺は……」

と言う少年に、フェリドはそちらを見ずに答える。

「もういっていいよ。屋敷から好きなものを持っていっていい」

「あ、ありがとうございます！」

そう言って、少年は駆け出す。どうやらそういうシステムのようだった。

フェリドに血を提供し、その見返りに、屋敷のものを持ち帰ることができる。

フェリドはミカをここに連れてきた少女に目配せする。少女も去っていく。

残されたのは、ミカだけ。

ミカはそれに、

「あの、ここにくれば、フェリド様にいろいろと優遇してもらえると聞いてきたのですが」

その、ミカの姿をまるで値踏みするかのように見つめ、フェリドは微笑《ほほえ》む。

「うん。僕が気に入ればね」

なら、絶対に気に入られる必要がある。じゃなきゃ、なにも変わらないから。

ここでの暮らしはあまりにひどい。

陽の差さない世界。

残飯のような食事。

ただ血を吸われるだけの、まるで未来のない日々。

このままでは、ここで、子供たちの心が死んでしまう。優ちゃんがいつか吸血鬼をぶっ飛ばしてくれると言ってるけれど……そしていまはそれを、子供たちは信じているけれど……でも、それは不可能だ。いつかは不可能だとみんなわかる。暗い闇《やみ》と絶望が、子供たちの心に落ちる。そうなるまえに、なにか。ほんの少しでも目先に、なにか希望のようなものがなければ……

精一杯明るい顔で、ミカは言った。

「どうすればフェリド様に、僕のことを気に入ってもらえるでしょうか！」

「う〜ん。まあもう、ちょっと気に入ってるけどね。その青い瞳《ひとみ》。あと、綺麗《きれい》な金色の髪。それは地毛かな？」

「あ、はい。そうだと思います。染めたことはないので」

「生まれはどこなの？」

「日本です」

「じゃあ日本人？」

「いえ」

「まあ何人《なにじん》でもいいけれど。名前を聞いていいかな」

「ミカエラ、と言います。百夜《ひゃくや》ミカエラ」

するとそれに、フェリドは笑った。

「ふぅん、ミカエラ。ミカちゃんね。いい名前だ」

「……そうでしょうか？」

そこで、ミカはふと、自分の名前を呼ぶときの、母の顔を思い出した。

『あなたは特別なの。選ばれた子なの。なにせ、ミカエラの名を持ってるんだから』

そう言って、母は彼を、車から高速道路へと突き落とした。

そして結局、選ばれた子は家畜になった。

「僕はこの名前を、あまり好きではないのですが」

「そう？　それは残念だなぁ」

と、フェリドはこちらへと近づいてくる。

ミカがその、吸血鬼の貴族を見上げると、急にフェリドはこんなことを言った。

「実は僕も、昔は主《あるじ》に、《ミカエラ》と呼ばれてたんだけどねぇ」

「え？　それはいったい……」

どういうことでしょうか？

そう、聞くことはできなかった。フェリドの手が肩に触れてくる。そのまま爪が首をなぞる。

「飲むよ」

「あ、あの、その見返りは……」

「この屋敷のものを、自由にしていい。きっと君の欲しいものがあるはずだ。さあもういいかな？」

「……あ、はい。お願いしま……」

だが言葉が終わる前に、首に喰《く》らいつかれた。

牙《きば》が、肉を破って自分の首に突き刺さる感覚があった。

実際に首から血を吸われるのは初めてだった。ず、ずずずっと、自分の中の命のようなものが吸い出されていく感触がある。

それは機械で吸われるのとは違う感覚だった。

かすかな痛みと、背徳的な快楽。

無理矢理自分の大切なものが征服されてしまうことに、奇妙な快感があって、それがひどく屈辱的で。

「……ぐっ」

力が、抜けていく。

「ぐ、う、う、あ、あああ」

力が、どんどん抜けていく。もしかしたら死ぬのかもしれない。このまま、殺されるのかもしれない。

そう、思ったところで、

「はいおしまーい。危ない危ない。吸いすぎて殺すところだったよ〜」

と、解放された。ミカは地面に手をついて、立ち上がることができなかった。

「はぁ、はぁ、はぁ、はぁ」

全身がだるい。重い。息が苦しい。

だめだ。ここには、優ちゃんも、子供たちも、連れてくるわけにはいかない。こんなことを。こんなみっともないことをみんなにさせるわけにはいかない。

目の前に、オレンジ色の小さな花が咲いていた。その花に、一滴、滴《しずく》のようなものが垂れる。涙だった。自分は、涙を流している。

その上からフェリドが言ってくる。

「食堂に、君の食事が用意してある。食べて、少し横になって、屋敷のものを物色したら、今日は帰るといい。会えてよかったよ。百夜ミカエラ君。これから、よろしく」

と、言われた。それに、涙を拭《ぬぐ》って笑顔を作り、

「は、はい！　ありがとうございます」

と、応えて顔をあげるが、もうフェリドはいなかった。

どうやら、ここに出入りすることは、許されたようだった。

首に触れる。手に血が付く。それをミカは、何度かこする。いまなら、さっきの血を吸われていた少年が、恥ずかしそうに首を隠した理由が、わかる。こんなことに快楽を感じてしまう自分を、恥じたのだ。

食べられることに快楽を感じてしまう、家畜。

そんなものには、生きている価値がない。

「…………」

ミカは屋敷へ戻った。いくつかの部屋を見て回る。おもちゃを手につかむ。きっと子供たちは、喜ぶだろう。

食堂には、地下にきてからは見たことのない、一人では食べ切れそうにない美味しそうな肉とパンが用意されていた。見た瞬間に、自分がつばを飲みこんでしまうのがわかった。だが、これは持って帰ろう。みんなで分けて食べるのだ。優ちゃんと、茜と、みんなで。

「みんな、喜んでくれるかな」

子供たちの笑顔を想像して、ミカは少し、疲れた顔で微笑《ほほえ》む。

しばらくこのことは優ちゃんには内緒だ。言ったらきっと、一緒にここにくると言い出すから。

だが、優ちゃんがここにきて、吸血鬼に血を吸われる姿は見たくなかった。優ちゃんにあんな思いをさせたくない。

優ちゃんにはいつも、強く笑って、吸血鬼をぶっ飛ばすとか馬鹿なことを言ってて欲しいから。

そうじゃなきゃ。

優ちゃんがそう言って笑っててくれなきゃ、

「こんなこと、頑張れないもんなぁ」

と笑いながら、ミカは子供たちの分のフルーツを見つけて手に持ち、フェリドの屋敷をあとにする。


みんなで一緒に暮らしている建物に戻ると、優ちゃんが外で待っていた。腕《うで》組みをして、壁を背にし、妙に心配げな顔をしている。ずっとあそこで待っていたのだろうか。

こちらに気づく。

笑顔になる。

「あ、おいミカ！　遅かったじゃねぇーか！」

その声で、建物から子供たちが出てくる。

「あ、ミカ兄！」

「どこいってたのミカ兄」

その、優ちゃんや子供たちの笑顔を見て、ミカは血を吸われ疲れ果てた体に、力が戻ってくるのを感じた。

優ちゃんは親に捨てられて、家族なんていないと言っていたが、ミカにとっては、ここにいる百夜孤児院のみんなが、初めての家族だった。

車から外に放り投げたりしない。

お互いがお互いを必要としあって、支え合って生きる、家族。

その家族を守りたいと、彼は心から思った。

どんなにひどい場所でも、みんながいれば、頑張れると。

だからミカは満面の笑みで、

「みーんな見てよこれ。このミカエラ様が、いったいなにを持って帰ったかー」

と、手に持ったフルーツを掲げると、子供たちが目を輝かせて、

「ぶどうだぁあああああ！」

と、大騒ぎになった。

それを見て、優ちゃんが笑う。

その、笑う優ちゃんを見て、ミカも笑って。


でも僕は、巻きこまれてしまった。

二千年もの時をかけた、長い長い旅に。

フェリド・バートリー。
クローリー・ユースフォード。
世界の破滅と吸血鬼。
天使。
悪魔と。
《ミカエラ》という呪《のろ》われた名を巡る物語がいまここに、始まった——

「終わりのセラフ　吸血鬼ミカエラの物語　2」につづく

あとがき

こんにちは。鏡貴也です。初めましての方がいるかはわからないですが、集英社で小説を出すのは初めてなので、自己紹介を。終わりのセラフの原作、漫画脚本、小説を担当しています。この作品を始めるまえは、『伝説の勇者の伝説』シリーズ、『いつか天魔の黒ウサギ』シリーズなどをやってました。どちらもアニメにもなったので、ご存じの方は、いつもありがとうございます！　まだ読んでない方はそちらもどうぞ！（笑）

で、紹介は終えたとして～。終わりのセラフの、なんと新シリーズです。

現在、終わりのセラフは、コミックスでは破滅後の世界を――

講談社ラノベ文庫で刊行されている小説シリーズ、『終わりのセラフ　一瀬グレン、16歳の破滅《カタストロフィ》』シリーズでは、高校時代の一瀬グレンを主人公とした、どうやって世界が破滅していったか？　の話を書いていますが。（高校時代のグレンや深夜、暮人、五士、美十、小百合、時雨、真昼が、どう出会って世界滅亡と戦ったかの話になります。フェリドも出るよ（笑））

前記二つは、コミカライズではなく、ノベライズでもない、両面原作というおもしろい形で始まりました。滅亡前と滅亡後が、同時に始まったのです。そんなこんなで、終わりのセラフは二つの時系列が関与しあいながら今日までやってきましたが！　ここに、もう一つの時系列が登場しました！　吸血鬼サイドの物語です。もう、壮大さはダントツです。読んでくれた方はわかると思うのですが、この歴史群像劇のような形が、すべての《終わりのセラフ》の物語に関わってくるような作りになっています。この世界になぜ吸血鬼が生まれ、いまの形になっていったのか。フェリドは？　クローリーは？　クルルは？　そして優、ミカ、グレンは？　独立して読めるようには書いているつもりですが、三つの時系列を読んでいくと、実は仕掛けてあった秘密のトリックがそれぞれで解けるような作りで、16億倍楽しい！　というのが売りです（笑）　楽しんで書いているので、みんなにも喜んでもらいたいなーと思っています。それでは『吸血鬼ミカエラの物語』、ここに開幕です！　みなさん、これからよろしくお願いしまーす。

鏡《かがみ》貴也《たかや》

その名は“ミカエラ”

てみせる
類《るい》は生《い》き残《のこ》れるか…
セラフ
10
終わりのセラフ
Seraph of the end
1▶10
吸血鬼《きゅうけつき》により全《すべ》てを失《うしな》った優一郎《ゆういちろう》は、
復讐《ふくしゅう》を果《は》たすため吸血鬼《きゅうけつき》殲《せん》滅《めつ》部《ぶ》隊《たい》に身《み》を投《とう》じる。
しかし、戦場《せんじょう》で死《し》んだと思《おも》っていた親友《しんゆう》のミカエラと再会《さいかい》し!?
発《はつ》売《ばい》中《ちゅう》

──救《すく》っ
吸《きゅう》血《けつ》鬼《き》を相《あい》手《て》に、人《じん》
ジャンプ コミックス
最《さい》強《きょう》バトルファンタジー
終《お》わりの
原作《げんさく》:鏡《かがみ》 貴《たか》也《や》 漫画《まんが》:山《やま》本《もと》ヤマト
コンテ構成《こうせい》:降《ふる》矢《や》大《だい》輔《すけ》
大《だい》好《こう》評《ひょう》

……俺《おれ》は、仲間《なかま》を救《すく》うために、
人間《にんげん》を……やめる！

人間《にんげん》の途方《とほう》もない欲望《よくぼう》は、
ついに破滅《はめつ》への扉《とびら》を開《ひら》き——

家族《かぞく》との別《わか》れを経《へ》て、
グレンは決意《けつい》する——！

CD《シーディー》付《つ》き限定版《げんていばん》

若《わか》きグレン隊《たい》たちの
束《つか》の間《ま》の夏《なつ》の休日《きゅうじつ》を描《えが》く
鏡貴也《かがみたかや》書き下ろしシナリオの
ドラマCD《シーディー》付《つ》き限定版《げんていばん》が登場《とうじょう》！

支配《しはい》される直前《ちょくぜん》の——最後《さいご》の春《はる》。
少年《しょうねん》たちの物語《ものがたり》——

好評発売中《こうひょうはつばいちゅう》！ 著《ちょ》：鏡貴也《かがみたかや》　イラスト：山本《やまもと》ヤマト
講談社《こうだんしゃ》ラノベ文庫《ぶんこ》 刊《かん》

Seraph of the end

Story of vampire Michaela

初出……本書は書き下ろし作品です。

JUMP j BOOKS

終わりのセラフ
吸血鬼ミカエラの物語 1

2015年12月 9 日　第1刷発行
2022年 9 月18日　第5刷発行

小　説　鏡 貴也
画　山本ヤマト

担当編集　渡辺周平
編集協力　株式会社ナート
編 集 人　千葉佳余
発 行 者　瓶子吉久
発 行 所　株式会社集英社
〒101-8050　東京都千代田区一ツ橋2丁目5番10号
電話　東京　03（3230）6297（編集部）
03（3230）6393（販売部・書店専用）
03（3230）6080（読者係）

印 刷 所　図書印刷株式会社

Printed in Japan　ISBN978-4-08-703358-8 C0093
検印廃止